鲁迅作品单行本

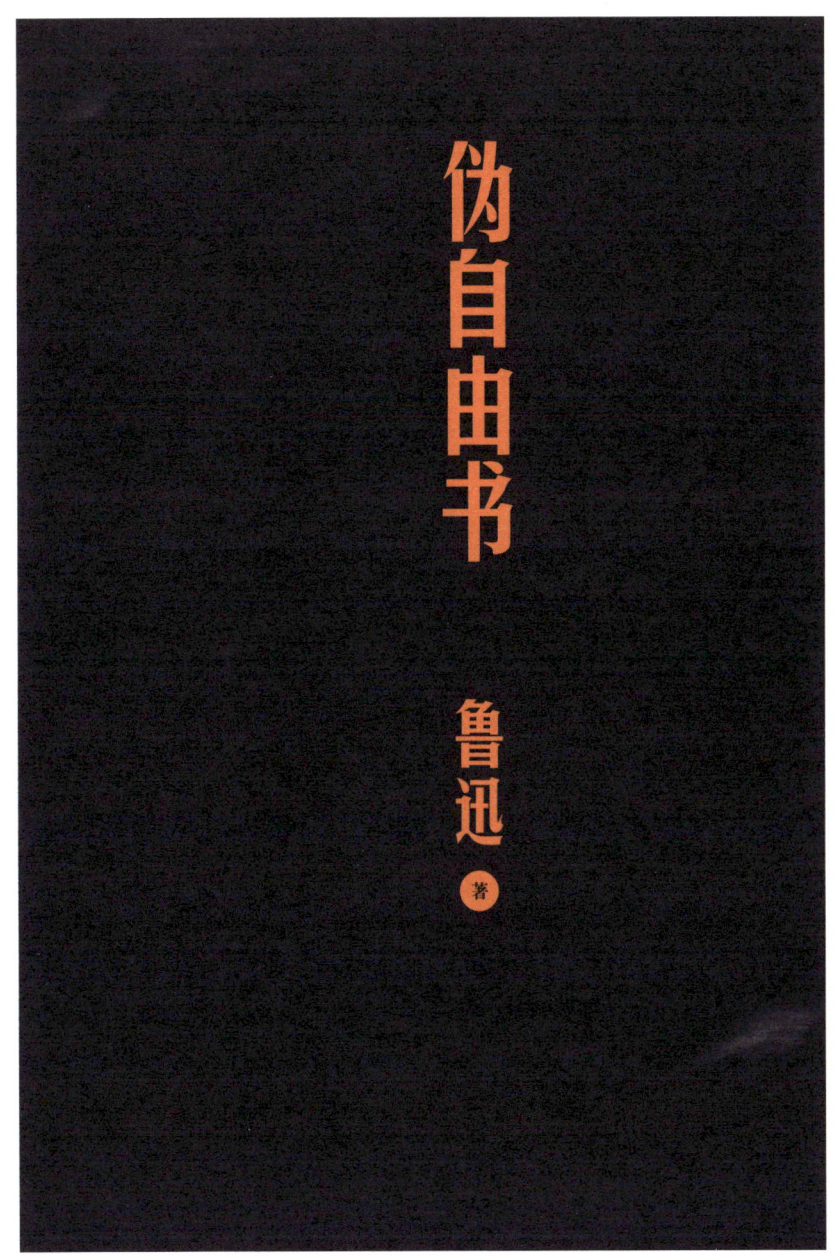

# 伪自由书

鲁迅 著

人民文学出版社

图书在版编目（CIP）数据

伪自由书/鲁迅著. —2 版. —北京：人民文学出版社，2022
ISBN 978-7-02-015263-6

Ⅰ.①伪… Ⅱ.①鲁… Ⅲ.①鲁迅杂文—杂文集 Ⅳ.①I210.4

中国版本图书馆 CIP 数据核字（2019）第 096334 号

| | |
|---|---|
| 责任编辑 | 杜　丽 |
| 装帧设计 | 陶　雷 |
| 责任印制 | 任　祎 |

| | |
|---|---|
| 出版发行 | 人民文学出版社 |
| 社　　址 | 北京市朝内大街 166 号 |
| 邮政编码 | 100705 |
| 印　　刷 | 三河市宏盛印务有限公司 |
| 经　　销 | 全国新华书店等 |
| 字　　数 | 109 千字 |
| 开　　本 | 880 毫米×1230 毫米　1/32 |
| 印　　张 | 6.25　插页 2 |
| 版　　次 | 1980 年 3 月北京第 1 版 |
|  | 2006 年 12 月北京第 2 版 |
| 印　　次 | 2022 年 1 月第 1 次印刷 |
| 书　　号 | 978-7-02-015263-6 |
| 定　　价 | 26.00 元 |

如有印装质量问题，请与本社图书销售中心调换。电话：010-65233595

本书收作者1933年1月至5月间所作杂文四十三篇,1933年10月由上海北新书局以"青光书局"名义出版,作者设计封面,在"伪自由书"下手书"一名《不三不四集》"。次年2月被当局查禁。作者生前只印行一版次。1936年11月曾由上海联华书局以《不三不四集》书名印行一版。

# 目　录

前记 …………………………………………………………… 1

## 一九三三年

观斗 …………………………………………………………… 6
逃的辩护 ……………………………………………………… 8
崇实 …………………………………………………………… 11
电的利弊 ……………………………………………………… 14
航空救国三愿 ………………………………………………… 16
不通两种 ……………………………………………………… 19
　　【因此引起的通论】："最通的"文艺（王平陵） ……… 20
　　【通论的拆通】：官话而已（家干） …………………… 22
赌咒 …………………………………………………………… 26
战略关系 ……………………………………………………… 28
　　【备考】：奇文共赏（周敬侪） ………………………… 29
颂萧 …………………………………………………………… 33
　　【又招恼了大主笔】：萧伯纳究竟不凡（《大晚报》
　　社论） ……………………………………………………… 34
　　【也不佩服大主笔】：前文的案语（乐雯） …………… 36

对于战争的祈祷 ························ 40
从讽刺到幽默 ························ 43
从幽默到正经 ························ 45
王道诗话 ··························· 47
伸冤 ····························· 51
曲的解放 ··························· 55
文学上的折扣 ························ 58
迎头经 ···························· 62
"光明所到……" ······················ 66
止哭文学 ··························· 69
  【备考】：提倡辣椒救国(王慈) ············ 71
  【硬要用辣椒止哭】：不要乱咬人(王慈) ······· 72
  【但到底是不行的】：这叫作愈出愈奇(家干) ····· 73
"人话" ··························· 76
出卖灵魂的秘诀 ······················· 79
文人无文 ··························· 82
  【备考】：恶癖(若谷) ················· 83
  【风凉话？】：第四种人(周木斋) ··········· 84
  【乘凉】：两误一不同(家干) ············· 86
最艺术的国家 ························ 88
现代史 ···························· 92
推背图 ···························· 94
《杀错了人》异议 ······················ 97
  【备考】：杀错了人(曹聚仁) ············· 98

# 目录

中国人的生命圈 …………………………………… 101

内外 ………………………………………………… 104

透底 ………………………………………………… 106

　　【来信】 ……………………………………… 107

　　【回信】 ……………………………………… 108

"以夷制夷" ………………………………………… 112

　　【跳踉】："以华制华"（李家作）………… 114

　　【摇摆】：过而能改（傅红蓼）…………… 116

　　【只要几句】：案语（家干）……………… 117

言论自由的界限 …………………………………… 119

大观园的人才 ……………………………………… 122

文章与题目 ………………………………………… 125

新药 ………………………………………………… 129

"多难之月" ………………………………………… 132

不负责任的坦克车 ………………………………… 135

从盛宣怀说到有理的压迫 ………………………… 137

王化 ………………………………………………… 140

天上地下 …………………………………………… 144

保留 ………………………………………………… 147

再谈保留 …………………………………………… 151

"有名无实"的反驳 ………………………………… 154

不求甚解 …………………………………………… 156

后记 ………………………………………………… 159

# 前　　记

这一本小书里的,是从本年一月底起至五月中旬为止的寄给《申报》[1]上的《自由谈》的杂感。

我到上海以后,日报是看的,却从来没有投过稿,也没有想到过,并且也没有注意过日报的文艺栏,所以也不知道《申报》在什么时候开始有了《自由谈》,《自由谈》里是怎样的文字。大约是去年的年底罢,偶然遇见郁达夫[2]先生,他告诉我说,《自由谈》的编辑新换了黎烈文[3]先生了,但他才从法国回来,人地生疏,怕一时集不起稿子,要我去投几回稿。我就漫应之曰:那是可以的。

对于达夫先生的嘱咐,我是常常"漫应之曰:那是可以的"的。直白的说罢,我一向很回避创造社[4]里的人物。这也不只因为历来特别的攻击我,甚而至于施行人身攻击的缘故,大半倒在他们的一副"创造"脸。虽然他们之中,后来有的化为隐士,有的化为富翁,有的化为实践的革命者,有的也化为奸细,而在"创造"这一面大纛之下的时候,却总是神气十足,好像连出汗打嚏,也全是"创造"似的。我和达夫先生见面得最早,脸上也看不出那么一种创造气,所以相遇之际,就随便谈谈;对于文学的意见,我们恐怕是不能一致的罢,然而所谈的大抵是空话。但这样的就熟识了,我有时要求他写一篇文章,他一定如约寄来,则他希望我做一点东西,我当然应该漫应曰可以。但应而至于"漫",我已经懒散得多了。

但从此我就看看《自由谈》,不过仍然没有投稿。不久,听到了一个传闻,说《自由谈》的编辑者为了忙于事务,连他夫人的临蓐也不暇照管,送在医院里,她独自死掉了。几天之后,我偶然在《自由谈》里看见一篇文章[5],其中说的是每日使婴儿看看遗照,给他知道曾有这样一个孕育了他的母亲。我立刻省悟了这就是黎烈文先生的作品,拿起笔,想做一篇反对的文章,因为我向来的意见,是以为倘有慈母,或是幸福,然若生而失母,却也并非完全的不幸,他也许倒成为更加勇猛,更无挂碍的男儿的。但是也没有竟做,改为给《自由谈》的投稿了,这就是这本书里的第一篇《崇实》[6];又因为我旧日的笔名有时不能通用,便改题了"何家干",有时也用"干"或"丁萌"。

这些短评,有的由于个人的感触,有的则出于时事的刺戟,但意思都极平常,说话也往往很晦涩,我知道《自由谈》并非同人杂志,"自由"更当然不过是一句反话,我决不想在这上面去驰骋的。我之所以投稿,一是为了朋友的交情,一则在给寂寞者以呐喊,也还是由于自己的老脾气。然而我的坏处,是在论时事不留面子,砭锢弊常取类型,而后者尤与时宜不合。盖写类型者,于坏处,恰如病理学上的图,假如是疮疽,则这图便是一切某疮某疽的标本,或和某甲的疮有些相像,或和某乙的疽有点相同。而见者不察,以为所画的只是他某甲的疮,无端侮辱,于是就必欲制你画者的死命了。例如我先前的论叭儿狗,原也泛无实指,都是自觉其有叭儿性的人们自来承认的。这要制死命的方法,是不论文章的是非,而先问作者是那一个;也就是别的不管,只要向作者施行人身攻击了。自然,其中也并不全是含愤的病人,有的倒是代打不平的侠客。总之,这种战术,是陈源[7]教授的"鲁迅即教育部佥事周树人"开其端,事隔十年,大家早经忘却了,这回是王平陵[8]先生告发于前,周木斋[9]先生揭露于后,都是做着关于作者本身的文章,或则牵连而至于左翼文学者。此外为我所看见的还有好几篇,也都附在我的本文之后,以见上海有些所谓文学家的笔战,是怎样的东西,和我的短评本身,有什么关系。但另有几篇,是因为我的感想由此而起,特地并存以便读者的参考的。

我的投稿,平均每月八九篇,但到五月初,竟接连的不能发表了,我想,这是因为其时讳言时事而我的文字却常不免涉及时事的缘故。这禁止的是官方检查员,还是报馆总编辑呢,我不知道,也无须知道。现在便将那些都归在这一本里,其实是我所指摘,现在都已由事实来证明的了,我那时不过说得略早几天而已。是为序。

一九三三年七月十九夜,于上海寓庐,鲁迅记。

\* \* \*

〔1〕《申报》 旧中国出版时间最久的日报。1872年4月30日(清同治十一年三月二十三日)由英商在上海创办,1909年为买办席裕福所收买,1912年转让给史量才,次年由史接办。九一八事变以后,曾

3

反映民众抗日要求。1934年11月史量才遭国民党暗杀后,该报重趋保守。1949年5月26日上海解放时停刊。《自由谈》是该报副刊之一,始办于1911年8月24日,原以刊载鸳鸯蝴蝶派作品为主,1932年12月起,一度革新内容,常刊载进步作家写的杂文、短评。

〔2〕 郁达夫(1896—1945) 浙江富阳人,作家。创造社主要成员之一。1928年曾与鲁迅合编《奔流》月刊。著有短篇小说集《沉沦》、中篇小说《她是一个弱女子》、游记散文集《屐痕处处》等。

〔3〕 黎烈文(1904—1972) 湖南湘潭人,翻译家。1932年12月起任《申报·自由谈》编辑,1934年5月去职。

〔4〕 创造社 文学社团,1921年6月成立于日本东京,主要成员有郭沫若、郁达夫、成仿吾、张资平等。主要活动在上海。初期的文学倾向是浪漫主义,带有反帝、反封建的色彩。第一次国内革命战争期间,郭沫若、成仿吾等先后参加革命实际工作。1927年倡导无产阶级革命文学运动,同时增加了冯乃超、彭康、李初梨等从日本回来的新成员。1928年,该社和另一提倡无产阶级文学的太阳社对鲁迅的批评和鲁迅对他们的反驳,形成了一次以革命文学问题为中心的论争。1929年2月,该社被国民党当局封闭。它曾先后编辑出版《创造》(季刊)、《创造周报》、《创造日》、《洪水》、《创造月刊》、《文化批判》等刊物,以及《创造社丛书》、《社会科学丛书》等。

〔5〕 指黎烈文的《写给一个在另一世界的人》。是一篇缅怀亡妻的文章,载于1933年1月25日《自由谈》,后收入他的散文集《崇高的母性》。

〔6〕 作者第一篇刊于《自由谈》上的文章,是《"逃"的合理化》,收入本书时改题《逃的辩护》。

〔7〕 陈源(1896—1970) 字通伯,笔名西滢,江苏无锡人,作家。

现代评论派主要成员。曾任北京大学、武汉大学教授。"鲁迅即教育部佥事周树人",是陈源在1926年1月30日《晨报副刊》发表的《致志摩》中说的话。

〔8〕 王平陵(1898—1964) 江苏溧阳人,曾任《时事新报》、国民党《中央日报》副刊主编,提倡所谓"民族主义文学"。这里说的"告发",见本书《不通两种》附录《"最通的"文艺》。

〔9〕 周木斋(1910—1941) 江苏武进人,当时在上海从事编辑和写作。这里说的"揭露",见本书《文人无文》附录《第四种人》。

# 一九三三年

## 观　斗[1]

我们中国人总喜欢说自己爱和平,但其实,是爱斗争的,爱看别的东西斗争,也爱看自己们斗争。

最普通的是斗鸡,斗蟋蟀,南方有斗黄头鸟,斗画眉鸟,北方有斗鹌鹑,一群闲人们围着呆看,还因此赌输赢。古时候有斗鱼,现在变把戏的会使跳蚤打架。看今年的《东方杂志》[2],才知道金华又有斗牛,不过和西班牙却两样的,西班牙是人和牛斗,我们是使牛和牛斗。

任他们斗争着,自己不与斗,只是看。

军阀们只管自己斗争着,人民不与闻,只是看。

然而军阀们也不是自己亲身在斗争,是使兵士们相斗争,所以频年恶战,而头儿个个终于是好好的,忽而误会消释了,忽而杯酒言欢了,忽而共同御侮了,忽而立誓报国了,忽而……。不消说,忽而自然不免又打起来了。

然而人民一任他们玩把戏,只是看。

但我们的斗士,只有对于外敌却是两样的:近的,是"不抵抗",远的,是"负弩前驱"[3]云。

"不抵抗"在字面上已经说得明明白白。"负弩前驱"呢,弩机的制度早已失传了，必须待考古学家研究出来，制造起来，然后能够负，然后能够前驱。

还是留着国产的兵士和现买的军火，自己斗争下去罢。中国的人口多得很，暂时总有一些子遗在看着的。但自然，倘要这样，则对于外敌，就一定非"爱和平"〔4〕不可。

一月二十四日。

\* \* \*

〔1〕 本篇最初发表于1933年1月31日上海《申报·自由谈》，署名何家干。

〔2〕 《东方杂志》 综合性刊物，1904年3月在上海创刊，1948年12月停刊，商务印书馆出版。1933年1月16日该刊第三十卷第二号，曾刊载浙江婺州（今金华）斗牛照片数帧，题为《中国之斗牛》。

〔3〕 "负弩前驱" 语出《逸周书》："武王伐纣，散宜生、闳夭负弩前驱。"当时国民党政府对日本侵略采取不抵抗政策，每当日军进攻，中国驻守军队大多奉命后退，如1933年1月3日日军进攻山海关时，当地驻军在四小时后即放弃要塞，不战而退。而远离前线的大小军阀却常故作姿态，扬言"抗日"，如山海关沦陷后，在四川参加军阀混战和"剿匪"反共的田颂尧于1月20日发通电说："准备为国效命，候中央明令，即负弩前驱。"

〔4〕 "爱和平" 当时国民党当局经常以"爱和平"这类论调掩盖其不抵抗政策，如1931年九一八事变后，蒋介石9月22日在南京市国民党党员大会上演讲时称："此刻必须上下一致，先以公理对强权，以和平对野蛮，忍痛含愤，暂取逆来顺受态度，以待国际公理之判断。"

## 逃 的 辩 护[1]

古时候,做女人大晦气,一举一动,都是错的,这个也骂,那个也骂。现在这晦气落在学生头上了,进也挨骂,退也挨骂。

我们还记得,自前年冬天以来,学生是怎么闹的,有的要南来,有的要北上,南来北上,都不给开车。待到到得首都,顿首请愿,却不料"为反动派所利用",许多头都恰巧"碰"在刺刀和枪柄上,有的竟"自行失足落水"而死了。[2]

验尸之后,报告书上说道,"身上五色"。我实在不懂。

谁发一句质问,谁提一句抗议呢?有些人还笑骂他们。

还要开除,还要告诉家长,还要劝进研究室。一年以来,好了,总算安静了。但不料榆关[3]失了守,上海还远,北平却不行了,因为连研究室也有了危险。住在上海的人们想必记得的,去年二月的暨南大学,劳动大学,同济大学……,研究室里还坐得住么?[4]

北平的大学生是知道的,并且有记性,这回不再用头来"碰"刺刀和枪柄了,也不再想"自行失足落水",弄得"身上五色"了,却发明了一种新方法,是:大家走散,各自回家。

这正是这几年来的教育显了成效。

然而又有人来骂了[5]。童子军[6]还在烈士们的挽联上,说他们"遗臭万年"[7]。

但我们想一想罢:不是连语言历史研究所[8]里的没有性命的古董都在搬家了么?不是学生都不能每人有一架自备的飞机么?能用本国的刺刀和枪柄"碰"得瘟头瘟脑,躲进研究室里去的,倒能并不瘟头瘟脑,不被外国的飞机大炮,炸出研究室外去么?

阿弥陀佛!

一月二十四日。

\* \* \*

〔1〕 本篇最初发表于1933年1月30日《申报·自由谈》,原题为《"逃"的合理化》,署名何家干。

〔2〕 指学生到南京请愿一事。九一八事变后,全国学生奋起抗议蒋介石的不抵抗政策。12月初,各地学生纷纷到南京请愿。国民党政府于12月5日通令全国,加以禁止;17日出动军警,逮捕和屠杀在南京请愿示威的各地学生,有的学生遭刺伤后,又被扔进河里。事后国民党当局为掩盖真相,诬称学生"为反动分子所利用"、被害学生是"失足落水"等,并发表验尸报告,说被害者"腿有青紫白黑四色,上身为黑白二色"。

〔3〕 榆关 即山海关,1933年1月3日为日军攻陷。

〔4〕 1932年1月28日日本侵略军进攻上海时,处于战区的暨南大学、劳动大学、同济大学等,校舍或毁于炮火,或被日军夺占,学生流散。

〔5〕 山海关失守后,北平形势危急,各大、中学学生有请求展缓考期、提前放假或请假离校的事。当时曾有自称"血魂除奸团"者,为此

责骂学生"贪生怕死"、"无耻而懦弱"。周木斋在《涛声》第二卷第四期（1933年1月21日）发表的《骂人与自骂》一文中，也说学生是"敌人未到，闻风远逸"，"即使不能赴难，最低最低的限度也不应逃难"。

〔6〕 童子军  1908年英国最早创设的一种使少年儿童接受军事化训练并从事社会公益活动的组织。不久流行于许多国家。中国的童子军于1912年成立，首创于武昌文华书院，后发展到各地。南京国民政府时期，组建为全国性组织，定名为"中国童子军"，其总部隶属于国民党中央执行委员会。

〔7〕 "遗臭万年"  1933年1月22日，国民党当局为掩饰其自动放弃山海关等长城要隘的罪行，在北平中山公园中山堂举行追悼阵亡将士大会。会上有国民党操纵的童子军组织送的挽联，上写："将士饮弹杀敌，烈于千古；学生罢考潜逃，臭及万年。"

〔8〕 语言历史研究所  应作历史语言研究所，是国民党政府中央研究院的一个机构，当时设在北平。许多珍贵的古代文物归它保管。该所于1933年1月21日将首批古物三十箱、古书九十箱运至南京。

## 崇　　实[1]

事实常没有字面这么好看。

例如这《自由谈》，其实是不自由的，现在叫作《自由谈》，总算我们是这么自由地在这里谈着。

又例如这回北平的迁移古物[2]和不准大学生逃难[3]，发令的有道理，批评的也有道理，不过这都是些字面，并不是精髓。

倘说，因为古物古得很，有一无二，所以是宝贝，应该赶快搬走的罢。这诚然也说得通的。但我们也没有两个北平，而且那地方也比一切现存的古物还要古。禹是一条虫[4]，那时的话我们且不谈罢，至于商周时代，这地方却确是已经有了的。为什么倒撇下不管，单搬古物呢？说一句老实话，那就是并非因为古物的"古"，倒是为了它在失掉北平之后，还可以随身带着，随时卖出铜钱来。

大学生虽然是"中坚分子"，然而没有市价，假使欧美的市场上值到五百美金一名口，也一定会装了箱子，用专车和古物一同运出北平，在租界上外国银行的保险柜子里藏起来的。

但大学生却多而新，惜哉！

费话不如少说，只剥崔颢[5]《黄鹤楼》诗以吊之，曰——
　　阔人已骑文化去，此地空余文化城。[6]

文化一去不复返,古城千载冷清清。
专车队队前门站,晦气重重大学生。
日薄榆关何处抗,烟花场上没人惊。

　　　　　　　　　　一月三十一日。


※　　　※　　　※

　〔1〕　本篇最初发表于1933年2月6日《申报·自由谈》,署名何家干。

　〔2〕　北平的迁移古物　1933年1月3日日本侵占山海关后,国民党中央常务会议于1月17日决定将故宫博物院、历史语言研究所等收藏的古物分批从北平运至南京、上海。

　〔3〕　不准大学生逃难　1933年1月28日,国民党政府教育部电令北平各大学:"据各报载榆关告紧之际,北平各大学中颇有逃考及提前放假等情,……查大学生为国民中坚分子,讵容妄自惊扰,败坏校规;学校当局迄无呈报,迹近宽纵,亦属非是。"

　〔4〕　禹是一条虫　这是顾颉刚在1923年讨论古史的文章中提出的看法。他在对禹作考证时,曾以《说文解字》训"禹"为"虫"作根据,提出禹是"蜥蜴之类"的"虫"的推断。(见《古史辨》第一册第六十三页)

　〔5〕　崔颢(?—754)　汴州(今河南开封)人,唐代诗人。他的《黄鹤楼》诗原文为:"昔人已乘黄鹤去,此地空余黄鹤楼。黄鹤一去不复返,白云千载空悠悠。晴川历历汉阳树,芳草萋萋鹦鹉洲。日暮乡关何处是,烟波江上使人愁。"

　〔6〕　文化城　1932年10月初,北平文教界江瀚、刘复等三十多人,在日军进逼关内,华北危急时,向国民党政府呈送意见书,以北平保

存有"寄付着国家命脉,国民精神的文化品物"和"全国各种学问的专门学者,大多荟萃在北平"为由,建议"明定北平为文化城",将"北平的军事设备挪开",用不设防来求得北平免遭日军炮火。该意见书曾刊载于10月6日《世界日报》。

# 电的利弊[1]

日本幕府时代[2]，曾大杀基督教徒，刑罚很凶，但不准发表，世无知者。到近几年，乃出版当时的文献不少。曾见《切利支丹殉教记》[3]，其中记有拷问教徒的情形，或牵到温泉旁边，用热汤浇身；或周围生火，慢慢的烤炙，这本是"火刑"，但主管者却将火移远，改死刑为虐杀了。

中国还有更残酷的。唐人说部中曾有记载，一县官拷问犯人，四周用火遥焙，口渴，就给他喝酱醋，[4]这是比日本更进一步的办法。现在官厅拷问嫌疑犯，有用辣椒煎汁灌入鼻孔去的，似乎就是唐朝遗下的方法，或则是古今英雄，所见略同。曾见一个因在反省院里的青年的信，说先前身受此刑，苦痛不堪，辣汁流入肺脏及心，已成不治之症，即释放亦不免于死云云。此人是陆军学生，不明内脏构造，其实倒挂灌鼻，可以由气管流入肺中，引起致死之病，却不能进入心中，大约当时因在苦楚中，知觉瞀乱，遂疑为已到心脏了。

但现在之所谓文明人所造的刑具，残酷又超出于此种方法万万。上海有电刑，一上，即遍身痛楚欲裂，遂昏去，少顷又醒，则又受刑。闻曾有连受七八次者，即幸而免死，亦从此牙齿皆摇动，神经亦变钝，不能复原。前年纪念爱迪生[5]，许多人赞颂电报电话之有利于人，却没有想到同是一电，而有人得到这样的大害,福人用电气疗病,美容,而被压迫者却以此受苦,丧命也。

外国用火药制造子弹御敌,中国却用它做爆竹敬神;外国用罗盘针航海,中国却用它看风水;外国用雅片医病,中国却拿来当饭吃。同是一种东西,而中外用法之不同有如此,盖不但电气而已。

一月三十一日。

\* \* \*

〔1〕 本篇最初发表于1933年2月16日《申报·自由谈》,署名何家干。

〔2〕 幕府时代 1192年源赖朝开创镰仓幕府,至1867年德川庆喜的江户幕府还政于天皇,在日本历史上称为幕府时代。幕府时代是武家执政,大权全归幕府,天皇形同虚设。

〔3〕 《切利支丹殉教记》 原名《切支丹の殉教者》,日本松崎实作,1922年出版。1925年修订再版时改名为《切支丹殉教记》。书中记述十六世纪以来天主教在日本的流传,以及日本江户幕府时代封建统治者对天主教徒的迫害和屠杀的情况。"切支丹"(也称"切利支丹"),是基督教(及基督教徒)的日本译名。

〔4〕 《太平广记》卷二六八引《神异经》佚文中有类似记载:唐代武则天时酷吏来俊臣逼供,"每鞫囚,无轻重,先以醋灌鼻,禁地牢中,以火围绕。"

〔5〕 爱迪生(T. A. Edison,1847—1931) 美国发明家。精研电学,有很多发明创制,如电灯、电报、电话、电影机、留声机等。1931年10月18日逝世后,世界各地曾举行悼念活动。

# 航空救国三愿[1]

现在各色的人们大喊着各种的救国,好像大家突然爱国了似的。其实不然,本来就是这样,在这样地救国的,不过现在喊了出来罢了。

所以银行家说贮蓄救国,卖稿子的说文学救国,画画儿的说艺术救国,爱跳舞的说寓救国于娱乐之中,还有,据烟草公司说,则就是吸吸马占山[2]将军牌香烟,也未始非救国之一道云。

这各种救国,是像先前原已实行过来一样,此后也要实行下去的,决不至于五分钟。

只有航空救国[3]较为别致,是应该刮目相看的,那将来也很难预测,原因是在主张的人们自己大概不是飞行家。

那么,我们不妨预先说出一点愿望来。

看过去年此时的上海报的人们恐怕还记得,苏州不是有一队飞机来打仗的么?后来别的都在中途"迷失"了,只剩下领队的洋烈士[4]的那一架,双拳不敌四手,终于给日本飞机打落,累得他母亲从美洲路远迢迢的跑来,痛哭一场,带几个花圈而去。听说广州也有一队出发的,闺秀们还将诗词绣在小衫上,赠战士以壮行色。然而,可惜得很,好像至今还没有到。

所以我们应该在防空队成立之前,陈明两种愿望——

一,路要认清;

二,飞得快些。

还有更要紧的一层,是我们正由"不抵抗"以至"长期抵抗"而入于"心理抵抗"[5]的时候,实际上恐怕一时未必和外国打仗,那时战士技痒了,而又苦于英雄无用武之地,不知道会不会炸弹倒落到手无寸铁的人民头上来的?

所以还得战战兢兢的陈明一种愿望,是——

三,莫杀人民!

二月三日。

\* \* \*

〔1〕 本篇最初发表于1933年2月5日《申报·自由谈》,署名何家干。

〔2〕 马占山(1885—1950) 辽宁怀德(今属吉林)人,国民党东北军将领。九一八事变后,他任黑龙江省代理主席。日本侵略军由辽宁向黑龙江进犯时,他曾率部抵抗,当时舆论界一度称他为"民族英雄"。上海福昌烟公司曾以他的名字做香烟的牌号,并在报上登广告说:"凡我大中华爱国同胞应一致改吸马占山将军牌香烟"。

〔3〕 航空救国 1933年1月,国民党政府决定举办航空救国飞机捐,组织中华航空救国会(后更名为中国航空协会),宣称要"集合全国民众力量,辅助政府,努力航空事业",在全国各地发行航空奖券,进行募捐。

〔4〕 洋烈士 1932年2月,有替国民党政府航空署试验新购飞机性能的美国飞行员萧特(B. Short),由沪驾机飞南京,途经苏州上空时

17

与六架日机相遇,被击落身死,国民党的通讯社和报纸曾借此进行宣传。萧特的母亲闻讯后,于4月曾来中国。

〔5〕 九一八事变时,蒋介石命令东北军"不予抵抗,力避冲突"。一·二八战争爆发后,国民党在洛阳召开的四届二中全会宣言中曾声称"中央既定长期抵抗之决心",此外又有"心理抵抗"之类的说法。

# 不通两种[1]

人们每当批评文章的时候,凡是国文教员式的人,大概是着眼于"通"或"不通",《中学生》[2]杂志上还为此设立了病院。然而做中国文其实是很不容易"通"的,高手如太史公马迁[3],倘将他的文章推敲起来,无论从文字,文法,修辞的任何一种立场去看,都可以发见"不通"的处所。

不过现在不说这些;要说的只是在笼统的一句"不通"之中,还可由原因而分为几种。大概的说,就是:有作者本来还没有通的,也有本可以通,而因了种种关系,不敢通,或不愿通的。

例如去年十月三十一日《大晚报》[4]的记载"江都清赋风潮",在《乡民二度兴波作浪》这一个巧妙的题目之下,述陈友亮之死云:

"陈友亮见官方军警中,有携手枪之刘金发,竟欲夺刘之手枪,当被子弹出膛,饮弹而毙,警察队亦开空枪一排,乡民始后退。……"

"军警"上面不必加上"官方"二字之类的费话,这里也且不说。最古怪的是子弹竟被写得好像活物,会自己飞出膛来似的。但因此而累得下文的"亦"字不通了。必须将上文改作"当被击毙",才妥。倘要保存上文,则将末两句改为"警察队空枪亦一齐发声,乡民始后退",这才铢两悉称,和军警都毫无关系。——虽然文理总未免有点希奇。

现在,这样的希奇文章,常常在刊物上出现。不过其实也并非作者的不通,大抵倒是恐怕"不准通",因而先就"不敢通"了的缘故。头等聪明人不谈这些,就成了"为艺术的艺术"[5]家;次等聪明人竭力用种种法,来粉饰这不通,就成了"民族主义文学"[6]者,但两者是都属于自己"不愿通",即"不肯通"这一类里的。

二月三日。

【因此引起的通论】:

"最通的"文艺　　　王平陵

鲁迅先生最近常常用何家干的笔名,在黎烈文主编的《申报》的《自由谈》,发表不到五百字长的短文。好久不看见他老先生的文了,那种富于幽默性的讽刺的味儿,在中国的作家之林,当然还没有人能超过鲁迅先生。不过,听说现在的鲁迅先生已跑到十字街头,站在革命的队伍里去了。那么,像他这种有闲阶级的幽默的作风,严格言之,实在不革命。我以为也应该转变一下才是!譬如:鲁迅先生不喜欢第三种人,讨厌民族主义的文艺,他尽可痛快地直说,何必装腔做势,吞吞吐吐,打这么许多湾儿。在他最近所处的环境,自然是除了那些恭颂苏联德政的献词以外,便没有更通的文艺的。他认为第三种人不谈这些,是比较最聪明的人;民族主义文艺者故意找出理由来文饰自己的不通，是比较次聪明的人。其言可谓尽深刻恶毒之能事。不过，现在最通的文艺，是不是仅有那些对苏联当局摇尾求媚的献词，不免还是疑问。如果先生们真是为着解放劳苦大众而呐喊，犹可说也；假使，仅仅是为着个人的出路，故意制造一块容易招摇的金字商标，以资号召而已。那么，我就看不出先生们的苦心孤行，比到被你们所不齿的第三种人，以及民族主义文艺者，究竟是高多少。

其实，先生们个人的生活，由我看来，并不比到被你们痛骂的小资作家更穷苦些。当然，鲁迅先生是例外，大多数的所谓革命的作家，听说，常常在上海的大跳舞场，拉斐花园里，可以遇见他们伴着娇美的爱侣，一面喝香槟，一面吃朱古力，兴高采烈地跳着狐步舞，倦舞意懒，乘着雪亮的汽车，奔赴预定的香巢，度他们真个消魂的生活。明天起来，写工人呵！斗争呵！之类的东西，拿去向书贾们所办的刊物换取稿费，到晚上，照样是生活在红绿的灯光下，沉醉着，欢唱着，热爱着。像这种优裕的生活，我不懂先生们还要叫什么苦，喊什么冤，你们的猫哭耗子的仁慈，是不是能博得劳苦大众的同情，也许，在先生们自己都不免是绝大的疑问吧！

如果中国人不能从文化的本身上做一点基础的工夫，就这样大家空喊一阵口号，糊闹一阵，我想，把世界上无论那种最新颖最时髦的东西拿到中国来，都是毫无用处。我们承认现在的苏俄，确实是有了他相当的成功，但，这不是偶然。他们从前所遗留下来的一部分文化的遗产，是多么丰富，我们回溯到十月革命以前的俄国文学，音乐，美术，哲学，科学，那一件不是已经到达国际文化的水准。他们有了这些充实的根基，才能产生现在这些学有根蒂的领袖。我们仅仅渴慕人家的成功而不知道努力文化的根本的建树，再等十年百年，乃至千年万年，中国还是这样，也许比现在更坏。

不错，中国的文化运动，也已有二十年的历史了。但是，在这二十年中，在文化上究竟收获到什么。欧美的名著，在中国是否能有一册比较可靠的译本，文艺上的各种派别，各种主义，我们是否都拿得出一种代表作，其他如科学上的发明，思想上的创造，是否能有一种值得我们记忆。唉！中国的文化低落到这步田地，还谈得到什么呢！

要是中国的文艺工作者，如不能从今天起，大家立誓做一番基本的工夫，多多地转运一些文艺的粮食，多多地树艺一些文艺的种子，我敢断言：在现代的中国，决不会产生"最通的"文艺的。

二月二十日《武汉日报》的《文艺周刊》。

【通论的拆通】：

官 话 而 已　　　　家 干

这位王平陵先生我不知道是真名还是笔名？但看他投稿的地方，立论的腔调，就明白是属于"官方"的。一提起笔,就向上司下属,控告了两个人,真是十足的官家派势。

　　说话弯曲不得,也是十足的官话。植物被压在石头底下,只好弯曲的生长,这时俨然自傲的是石头。什么"听说",什么"如果",说得好不自在。听了谁说?如果不"如果"呢?"对苏联当局摇尾求媚的献词"是那些篇,"倦舞意懒,乘着雪亮的汽车,奔赴预定的香巢"的"所谓革命作家"是那些人呀?是的,曾经有人[7]当开学之际,命大学生全体起立,向着鲍罗廷[8]一鞠躬,拜得他莫名其妙;也曾经有人[9]做过《孙中山与列宁》,说得他们俩真好像没有什么两样;至于聚敛享乐的人们之多,更是社会上大家周知的事实,但可惜那都并不是我们。平陵先生的"听说"和"如果",都成了无的放矢,含血喷人了。

　　于是乎还要说到"文化的本身"上。试想就是几个弄弄笔墨的青年,就要遇到监禁,枪毙,失踪的灾殃,我做了六篇"不到五百字"的短评,便立刻招来了"听说"和"如果"的官话,叫作"先生们",大有一网打尽之概。则做"基本的工夫"者,现在舍官许的"第三种人"[10]和"民族主义文艺者"之外还能靠谁呢?"唉!"

　　然而他们是做不出来的。现在只有我的"装腔作势,吞吞吐吐"的文章,倒正是这社会的产物。而平陵先生又责为"不革命",好像他乃是真正老牌革命党,这可真是奇怪了。——但真正老牌的官话也正是这样的。

　　　　　　　　　　　　七月十九日。

## ※　※　※

〔1〕 本篇最初发表于1933年2月11日《申报·自由谈》，署名何家干。

〔2〕 《中学生》 以中学生为对象的综合性刊物，夏丏尊、叶圣陶等编辑，1930年1月在上海创刊，开明书店出版。1932年2月起，该刊辟有"文章病院"一栏，从当时书籍报刊中选取有文法错误或文义不合逻辑的文章，加以批改。

〔3〕 司马迁（约前145—约前86） 字子长，夏阳（今陕西韩城南）人，西汉史学家、文学家，曾任太史令。所著《史记》是我国第一部纪传体史书。

〔4〕 《大晚报》 1932年2月12日在上海创刊。创办人张竹平任社长，曾虚白任主笔。1935年该报为国民党财阀孔祥熙收买，由孔令侃主持社务。1949年5月25日停刊。

〔5〕 "为艺术的艺术" 最早由法国作家戈蒂叶（1811—1872）提出的一种文艺观点（见小说《莫班小姐》序）。它认为艺术应超越一切功利而存在，创作的目的在于艺术本身，与社会政治无关。三十年代初，新月派的梁实秋、自称"第三种人"的苏汶等，都曾宣扬这种观点。

〔6〕 "民族主义文学" 1930年6月由国民党当局策划的文学运动，发起人是潘公展、范争波、朱应鹏、傅彦长、王平陵、黄震遐等国民党官员和文人。曾出版《前锋周报》、《前锋月刊》等，借"民族主义"的名义，反对无产阶级革命文学。九一八事变后，又为蒋介石的媚日反共政策效劳。

〔7〕 指戴季陶。1926年10月17日，他在出任广州中山大学委员会委员长的就职典礼上，曾发表赞成国共合作的演说，并引导与会学生向参加典礼的鲍罗廷行一鞠躬礼，以示"敬意"。戴季陶（1890—

1949),浙江吴兴人,早年参加同盟会,后任国民党中央政治会议委员、国民党政府考试院院长等职。

〔8〕 鲍罗廷(М. М. Бородин,1884—1951) 苏联政治活动家。1919年至1923年在共产国际远东部工作。1923年至1927年来中国,受孙中山聘为国民党特别顾问,在国民党改组工作中起过积极的作用。

〔9〕 指甘乃光。《孙中山与列宁》是他的讲演稿,1926年由广州中山大学政治训育部出版。甘乃光(1897—1956),广西岑溪人,曾任国民党中央执行委员、国民党政府内政部次长等职。1926年时任中山大学政治训育部副主任。

〔10〕 "第三种人" 1931年至1933年,在左翼文艺界批评"民族主义文学"时,胡秋原、苏汶(杜衡)自称"自由人"、"第三种人",宣传"文艺自由"论,指责左翼文艺运动"霸占"文坛,阻碍创作的"自由"。

# 赌　　咒[1]

"天诛地灭,男盗女娼"——是中国人赌咒的经典,几乎像诗云子曰一样。现在的宣誓,"誓杀敌,誓死抵抗,誓……"似乎不用这种成语了。

但是,赌咒的实质还是一样,总之是信不得。他明知道天不见得来诛他,地也不见得来灭他,现在连人参都"科学化地"含起电气来了,[2]难道"天地"还不科学化么!至于男盗和女娼,那是非但无害,而且有益:男盗——可以多刮几层地皮,女娼——可以多弄几个"裙带官儿"[3]的位置。

我的老朋友说:你这个"盗"和"娼"的解释都不是古义。我回答说——你知道现在是什么时代!现在是盗也摩登,娼也摩登,所以赌咒也摩登,变成宣誓了。

二月九日。

\*　　\*　　\*

〔1〕 本篇最初发表于1933年2月14日《申报·自由谈》,署名干。

〔2〕 1932年底,上海佛慈大药厂在报上刊登广告,宣传所谓"长生防老新药"——"含电人参胶",说这种药是"科学"发明,能"补充电气于体内",供给"人生命原动力之活电子"。

〔3〕"裙带官儿" 原来是指因妻子的关系而得官的人。语出宋代赵升《朝野类要》卷三:"亲王南班之婿,号曰西官,即所谓郡马也;俗谓裙带头官。"后来即用以指因妻女姊妹等女人关系而获官职的人。

# 战 略 关 系[1]

首都《救国日报》[2]上有句名言：

"浸使为战略关系，须暂时放弃北平，以便引敌深入……应严厉责成张学良[3]，以武力制止反对运动，虽流血亦所不辞。"（见《上海日报》二月九日转载。）

虽流血亦所不辞！勇敢哉战略大家也！

血的确流过不少，正在流的更不少，将要流的还不知道有多多少少。这都是反对运动者的血。为着什么？为着战略关系。

战略家[4]在去年上海打仗的时候，曾经说："为战略关系，退守第二道防线"，这样就退兵；过了两天又说，为战略关系，"如日军不向我军射击，则我军不得开枪，着士兵一体遵照"，这样就停战。此后，"第二道防线"消失，上海和议[5]开始，谈判，签字，完结。那时候，大概为着战略关系也曾经见过血；这是军机大事，小民不得而知，——至于亲自流过血的虽然知道，他们又已经没有了舌头。究竟那时候的敌人为什么没有"被诱深入"？

现在我们知道了：那次敌人所以没有"被诱深入"者，决不是当时战略家的手段太不高明，也不是完全由于反对运动者的血流得"太少"，而另外还有个原因：原来英国从中调停——暗地里和日本有了谅解，说是日本呀，你们的军队暂时退出上海,我们英国更进一步来帮你的忙,使满洲国[6]不至于被国联[7]否认,——这就是现在国联的什么什么草案[8],什么什么委员[9]的态度。这其实是说,你不要在这里深入,——这里是有赃大家分,——你先到北方去深入再说。深入还是要深入,不过地点暂时不同。

因此,"诱敌深入北平"的战略目前就需要了。流血自然又要多流几次。

其实,现在一切准备停当,行都陪都[10]色色俱全,文化古物,和大学生,也已经各自乔迁。无论是黄面孔,白面孔,新大陆[11],旧大陆的敌人,无论这些敌人要深入到什么地方,都请深入罢。至于怕有什么反对运动,那我们的战略家:"虽流血亦所不辞"!放心,放心。

二月九日。

【备考】:

奇 文 共 赏　　　周敬侪

大人先生们把"故宫古物"看得和命(当然不是小百姓的命)一般坚决南迁,无非因为"古物"价值不止"连城",并且容易搬动,容易变钱的原故,这也值得你们大惊小怪,冷嘲热讽!我正这样想着的时候,居然从首都一家报纸上见到赞成"古物南迁"的社论;并且建议"武力制止反对","流血在所不辞",请求政府"保持威信","贯彻政策"!这样的宏词高论,我实在不忍使它湮没无

闻,因特不辞辛苦,抄录出来,献给大众:

"……北平各团体之反对古物南迁,为有害北平将来之繁荣,此种自私自利完全蔑视国家利益之理由,北平各团体竟敢说出,吾人殊服其厚颜无耻,彼等只为北平之繁荣,必须以数千年古物冒全被敌人劫夺而去之大危险,所见未免太小,使政府为战略关系,须暂时放弃北平,以便引敌深入,聚而歼之,则古物必被敌人劫夺而去,试问将来北平之繁荣何由维持,故不如先行迁移,俟打倒日本,北平安如泰山后,再行迁回,北平各团体自私自利,固可恶可耻,其无远虑,亦可怜也,其反对迁移之又一理由,则谓政府应先顾全土地,此言似是而实非,盖放弃一部分土地供敌人一时之占领,以歼灭敌人,然后再行恢复,古今中外,其例甚多,如一八一二年之役,俄人不但放弃莫斯科,且将莫斯科烧毁,以困拿破仑,欧战时,比利时,塞尔维亚,皆放弃全部领土,供敌人蹂躏,卒将强德击破,盖领土被占,只须不与敌人媾和,签字于割让条约,则敌人固无如该土何,至于故宫古物,若不迁移,设不幸北平被敌人占领,将古物劫夺而去,试问中国将何法以恢复之,行见中国文明结晶,供敌人战利品,可耻孰甚,……最后吾人奉告政府,政府迁移古物之政策,既已决定,则不论遇如何阻碍,应求其贯彻,若一经无见识无远虑之群愚反对,即行中止,政府威信何在,故吾主张严责张学良,使以武力制止反对运动,若不得已,虽流血亦所不辞……"

二月十三日,《申报》《自由谈》。

＊　　＊　　＊

〔1〕 本篇最初发表于1933年2月13日《申报·自由谈》,署名何家干。

〔2〕 《救国日报》 1932年8月在南京创刊,龚德柏主办,1949年4月停刊。文中所引的话,见于1933年2月6日该报社论《为迁移故宫古物告政府》。

〔3〕 张学良(1901—2001) 字汉卿,辽宁海城人。原为奉军司令。九一八事变时任国民党政府陆海空军副司令兼东北边防军司令长官,奉蒋介石不抵抗的命令,放弃东北三省。九一八事变后曾任国民政府军事委员会北平军分会代理委员长等职。

〔4〕 战略家 指国民党军事当局。1932年一·二八上海战事发生后,他们屡令中国军队后撤,声称是"变更战略","引敌深入","并非战败"。

〔5〕 上海和议 一·二八战事发生后,国民党政府不顾全国人民的抗日要求,坚持"不抵抗"政策,使坚持抗战的十九路军孤立无援,并在英、美、法等帝国主义参预下,同日本侵略者进行屈膝投降的谈判,于1932年5月5日签订《淞沪停战协定》,将十九路军调离上海,去福建"剿共"。

〔6〕 满洲国 日本侵占东北后建立的傀儡政权。1932年3月在长春成立,以清废帝溥仪为"执政";1934年3月改称"满洲帝国",溥仪改为"皇帝"。

〔7〕 国联 "国际联盟"的简称。第一次世界大战后于1920年成立的国际政府间组织。它标榜以"促进国际合作、维持国际和平与安全"为宗旨,实际上是英、法等帝国主义国家控制并为其利益服务的工具。第二次世界大战爆发后无形瓦解,1946年4月正式宣告解散。九

31

一八事变后,它袒护日本帝国主义对中国的侵略。

〔8〕 什么什么草案　指1932年12月15日国联十九国委员会特别会议通过的关于调解中日争端的"决议草案"。1933年1月又据此草案修改为"德鲁蒙新草案"。这些草案袒护日本的侵略,默认"满洲国"伪政权。

〔9〕 什么什么委员　指参加国联十九国委员会的英国代表、外交大臣约翰·西蒙。他在国联会议的发言中屡次为日本侵略中国辩护,曾受到当时中国舆论界的谴责。

〔10〕 行都　在必要时政府暂时迁驻的地方;陪都,在首都以外另建的都城。国民党政府以南京为首都。1932年一·二八战事时于1月30日仓皇决定"移驻洛阳办公";3月5日国民党四届二中全会第二次会议又通过决议,正式定洛阳为行都,西安为陪都。同年12月1日由洛阳迁回南京。

〔11〕 新大陆　十五世纪末,意大利探险家亚美利哥到达南美洲北部,因称以前欧洲人不知道的这块美洲陆地为"新大陆"。与此相对,亚、欧、非三洲被称为"旧大陆"。

# 颂　　萧[1]

萧伯纳[2]未到中国之前,《大晚报》希望日本在华北的军事行动会因此而暂行停止,呼之曰"和平老翁"[3]。

萧伯纳既到香港之后,各报由"路透电"[4]译出他对青年们的谈话,题之曰"宣传共产"。

萧伯纳"语路透访员曰,君甚不像华人,萧并以中国报界中人全无一人访之为异,问曰,彼等其幼稚至于未识余乎?"(十一日路透电)

我们其实是老练的,我们很知道香港总督[5]的德政,上海工部局[6]的章程,要人的谁和谁是亲友,谁和谁是仇雠,谁的太太的生日是那一天,爱吃的是什么。但对于萧,——惜哉,就是作品的译本也只有三四种。

所以我们不能识他在欧洲大战以前和以后的思想,也不能深识他游历苏联以后的思想。但只就十四日香港"路透电"所传,在香港大学对学生说的"如汝在二十岁时不为赤色革命家,则在五十岁时将成不可能之僵石,汝欲在二十岁时成一赤色革命家,则汝可得在四十岁时不致落伍之机会"的话,就知道他的伟大。

但我所谓伟大的,并不在他要令人成为赤色革命家,因为我们有"特别国情"[7],不必赤色,只要汝今天成为革命家,明天汝就失掉了性命,无从到四十岁。我所谓伟大的,是他竟替我们二十岁的青年,想到了四五十岁的时候,而且并不离开了现在。

阔人们会搬财产进外国银行,坐飞机离开中国地面,或者是想到明天的罢;"政如飘风,民如野鹿"[8],穷人们可简直连明天也不能想了,况且也不准想,不敢想。

又何况二十年,三十年之后呢?这问题极平常,然而是伟大的。

此之所以为萧伯纳!

二月十五日。

【又招恼了大主笔】:

### 萧伯纳究竟不凡 《大晚报》社论

"你们批评英国人做事,觉得没有一件事怎样的好,也没有一件事怎样的坏;可是你们总找不出那一件事给英国人做坏了。他做事多有主义的。他要打你,他提倡爱国主义来;他要抢你,他提出公事公办的主义;他要奴役你,他提出帝国主义大道理;他要欺侮你,他又有英雄主义的大道理;他拥护国王,有忠君爱国的主义,可是他要斫掉国王的头,又有共和主义的道理。他的格言是责任;可是他总不忘记一个国家的责任与利益发生了冲突就要不得了。"

这是萧伯纳老先生在《命运之人》中批评英国人的

尖刻语。我们举这一个例来介绍萧先生，要读者认识大伟人之所以伟大，也自有其秘诀在。这样子的冷箭，充满在萧氏的作品中，令受者难堪，听者痛快，于是萧先生的名言警句，家传户诵，而一代文豪也确定了他的伟大。

借主义，成大名，这是现代学者一时的风尚，萧先生有嘴说英国人，可惜没有眼估量自己。我们知道萧先生是泛平主义的先进，终身拥护这渐进社会主义，他的戏剧，小说，批评，散文中充塞着这种主义的宣传品，萧先生之于社会主义，可说是个彻头彻尾的忠实信徒。然而，我们又知道，萧先生是铢锱必较的积产专家，是反对慈善事业最力的理论家，结果，他坐拥着百万巨资面团团早成了个富家翁。萧先生唱着平均资产的高调，为被压迫的劳工鸣不平，向寄生物性质的资产家冷嘲热讽，因此而赢得全民众的同情，一书出版，大家抢着买，一剧登场，一百多场做下去，不愁没有人看，于是萧先生坐在提倡共产主义的安乐椅里，笑嘻嘻地自鸣得意，借主义以成名，挂羊头卖狗肉的戏法，究竟巧妙无穷。

现在，萧先生功成名就，到我们穷苦的中国来玩玩了。多谢他提携后进的热诚，在香港告诉我们学生道："二十岁不为赤色革命家，五十岁要成僵石；二十岁做了赤色革命家，四十岁可不致落伍。"原来做赤色革命家的原因，只为自己怕做僵石，怕落伍而已；主义本身的价值如何，本来与个人的前途没有多大关系；我们要在社会里混出头，只求不僵，只求不落伍，这是现代人立身处世的名言,萧先生坦白言之,安得不叫我们五体投地,真不愧"圣之时者也"的现代孔子了。

然而,萧先生可别小看了这老大的中国,像你老先生这样时髦的学者,我们何尝没有。坐在安乐椅里发着尖刺的冷箭来宣传什么主义的,不须先生指教,戏法已耍得十分纯熟了。我想先生知道了,一定要莞尔而笑曰:"我道不孤!"

然而,据我们愚蠢的见解,伟大人格的素质,重要的是个诚字。你信仰什么主义,就该诚挚地力行,不该张大了嘴唱着好听。若说,萧先生和他的同志,真信仰共产主义的,就请他散尽了家产再说话。可是,话也得说回来,萧先生散尽了家产,真穿着无产同志的褴褛装束,坐着三等舱来到中国,又有谁去睬他呢?这样一想:萧先生究竟不凡。

二月十七日。

【也不佩服大主笔】:

前文的案语　　乐　雯[9]

这种"不凡"的议论的要点是:(一)尖刻的冷箭,"令受者难堪,听者痛快",不过是取得"伟大"的秘诀;(二)这秘诀还在于"借主义,成大名,挂羊头,卖狗肉的戏法";(三)照《大晚报》的意见,似乎应当为着自己的"主义"——高唱"神武的大文","张开血盆似的大口"去吃人,虽在二十岁就落伍,就变为僵石,亦所不惜;(四)如果萧伯纳不赞成这种"主义",就不应当坐安乐椅,不应当有家财,赞成了那种主义,当然又当别论。

可惜,这世界的崩溃,偏偏已经到了这步田地:——小资产的知识阶层分化出一些爱光明不肯落伍的人,他们向着革命的道路上开步走。他们利用自己的种种可能,诚恳的赞助革命的前进。他们在以前,也许客观上是资本主义社会关系的拥护者。但是,他们偏要变成资产阶级的"叛徒"。而叛徒常常比敌人更可恶。

卑劣的资产阶级心理,以为给了你"百万家财",给了你世界的大名,你还要背叛,你还有什么不满意,"实属可恶之至"。这自然是"借主义,成大名"了。对于这种卑劣的市侩,每一件事情一定有一种物质上的荣华富贵的目的。这是道地的"唯物主义"——名利主义。萧伯纳不在这种卑劣心理的意料之中,所以可恶之至。

而《大晚报》还推论到一般的时代风尚,推论到中国也有"坐在安乐椅里发着尖刺的冷箭来宣传什么什么主义的,不须先生指教"。这当然中外相同的道理,不必重新解释了。可惜的是:独有那吃人的"主义",虽然借用了好久,然而还是不能够"成大名",呜呼!

至于可恶可怪的萧,——他的伟大,却没有因为这些人"受着难堪",就缩小了些。所以像中国历代的离经叛道的文人似的,活该被皇帝判决"抄没家财"。

《萧伯纳在上海》。

伪自由书

※　　※　　※

〔1〕 本篇最初发表于 1933 年 2 月 17 日《申报·自由谈》,原题为《萧伯纳颂》,署名何家干。

〔2〕 萧伯纳(G. B. Shaw,1856—1950) 英国剧作家、批评家。出生于爱尔兰都柏林。早年参加过英国改良主义的政治组织"费边社"。第一次世界大战爆发后,他谴责帝国主义战争,同情俄国十月社会主义革命。1931 年曾访问苏联。主要作品有剧本《华伦夫人的职业》、《巴巴拉少校》、《真相毕露》等,大都揭露和讽刺资本主义社会的伪善和罪恶。1933 年他乘船周游世界,于 2 月 12 日到香港,17 日到上海。

〔3〕 "和平老翁" 1933 年 1 月 6 日《大晚报》曾载萧伯纳将到北平的消息,题为《和平老翁萧伯纳,鼙鼓声中游北平》,其中有希望萧伯纳"能于其飞渡长城来游北平时,暂使战争停顿"的话。

〔4〕 "路透电" 即路透通讯社的电讯。路透社由犹太人路透(P. J. Reuter)1850 年创办于德国亚琛,1851 年迁英国伦敦,后来成为英国最大的通讯社。它在中国的活动,始于 1871 年前后。这里所说的"路透电",指 1933 年 2 月 14 日该社由香港发的关于萧伯纳发表演说的电讯,曾刊登于 15 日《申报》,题为《对香港大学生演说——萧伯纳宣传共产》。

〔5〕 香港总督 旧时英国在香港殖民统治的总代表,由英王任命。

〔6〕 工部局 旧时英、美、日等国在上海、天津等地租界内设立的统治机关,是帝国主义在中国推行殖民主义政策的工具。

〔7〕 "特别国情" 最初是袁世凯阴谋复辟帝制时散布的一种论调。1914 年至 1915 年间,袁世凯的宪法顾问、美国人古德诺

(F. J. Goodnow)鼓吹中国有"特别国情",应行"君主制",不宜实行民主共和政治。后来国民党当局及一些右翼文人也常称中国有"特别国情",马列主义和社会主义制度不适合于中国。

〔8〕 "政如飘风,民如野鹿" 上句出《老子》第二十章:"飘风不终朝,骤雨不终日。"下句出《庄子·天地》:"上如标枝,民如野鹿。"

〔9〕 乐雯 原是鲁迅的笔名。1933年2月,瞿秋白在上海养病期间,经鲁迅提议和协助,把当时上海出版的中外报刊上围绕萧伯纳到中国而发表的各种文章,辑成《萧伯纳在上海》一书,署为"乐雯剪贴翻译并编校",由鲁迅作序,1933年3月野草书屋出版。

# 对于战争的祈祷[1]

## ——读书心得

热河的战争[2]开始了。

三月一日——上海战争的结束的"纪念日",也快到了。"民族英雄"的肖像[3]一次又一次的印刷着,出卖着;而小兵们的血,伤痕,热烈的心,还要被人糟蹋多少时候?回忆里的炮声和几千里外的炮声,都使得我们带着无可如何的苦笑,去翻开一本无聊的,但是,倒也很有几句"警句"的闲书。这警句是:

"喂,排长,我们到底上那里去哟?"——其中的一个问。

"走吧。我也不晓得。"

"丢那妈,死光就算了,走什么!"

"不要吵,服从命令!"

"丢那妈的命令!"

然而丢那妈归丢那妈,命令还是命令,走也当然还是走。四点钟的时候,中山路复归于沉寂,风和叶儿沙沙的响,月亮躲在青灰色的云海里,睡着,依旧不管人类的事。

这样,十九路军就向西退去。

(黄震遐:《大上海的毁灭》。[4])

什么时候"丢那妈"和"命令"不是这样各归各,那就得救了。

不然呢?还有"警句"可以回答这个问题:

十九路军打,是告诉我们说,除掉空说以外,还有些事好做!

十九路军胜利,只能增加我们苟且,偷安与骄傲的迷梦!

十九路军死,是警告我们活得可怜,无趣!

十九路军失败,才告诉我们非努力,还是做奴隶的好!

(见同书。)

这是警告我们,非革命,则一切战争,命里注定的必然要失败。现在,主战是人人都会的了——这是一二八的十九路军[5]的经验:打是一定要打的,然而切不可打胜,而打死也不好,不多不少刚刚适宜的办法是失败。"民族英雄"对于战争的祈祷是这样的。而战争又的确是他们在指挥着,这指挥权是不肯让给别人的。战争,禁得起主持的人预定着打败仗的计画么?好像戏台上的花脸和白脸打仗,谁输谁赢是早就在后台约定了的。呜呼,我们的"民族英雄"!

二月二十五日。

\* \* \*

〔1〕 本篇最初发表于1933年2月28日《申报·自由谈》,署名何家干。

〔2〕 热河的战争  1933年2月,日本侵略军继攻陷山海关后,又进攻热河(旧省名,辖今河北省东北部、辽宁省西南部、内蒙古自治区东南部),于3月4日攻占省会承德。

〔3〕 "民族英雄"的肖像  指当时上海印售的马占山、蒋光鼐、蔡廷锴等抵抗过日本侵略军的国民党将领的像片。

〔4〕 黄震遐(1907—1974)  广东南海人,曾任《大晚报》记者、杭州笕桥空军学校教官。"民族主义文学"的骨干。《大上海的毁灭》,一部取材于一·二八上海战争,夸张日本武力,宣扬失败主义的小说;1932年5月28日起连载于上海《大晚报》,同年11月由大晚报社出版单行本。

〔5〕 十九路军  国民党军队。原为国民革命军第十一军,1930年改编为第十九路军。总指挥蒋光鼐,副总指挥兼军长蔡廷锴。九一八事变后调驻上海。1932年1月28日日军进攻上海,该军曾自动进行抵抗。国民党当局与日本签订《淞沪停战协定》后,被调往福建"剿共"。1933年11月,该军领导人联合国民党内李济深等,在福建成立"中华共和国人民革命政府",与红军订立抗日反蒋协定。不久,在蒋军进攻下失败。1934年1月被撤消番号。

# 从讽刺到幽默[1]

讽刺家,是危险的。

假使他所讽刺的是不识字者,被杀戮者,被囚禁者,被压迫者罢,那很好,正可给读他文章的所谓有教育的智识者嘻嘻一笑,更觉得自己的勇敢和高明。然而现今的讽刺家之所以为讽刺家,却正在讽刺这一流所谓有教育的智识者社会。

因为所讽刺的是这一流社会,其中的各分子便各各觉得好像刺着了自己,就一个个的暗暗的迎出来,又用了他们的讽刺,想来刺死这讽刺者。

最先是说他冷嘲,渐渐的又七嘴八舌的说他谩骂,俏皮话,刻毒,可恶,学匪,绍兴师爷,等等,等等。然而讽刺社会的讽刺,却往往仍然会"悠久得惊人"的,即使捧出了做过和尚的洋人或专办了小报来打击,也还是没有效,这怎不气死人也么哥[2]呢!

枢纽是在这里:他所讽刺的是社会,社会不变,这讽刺就跟着存在,而你所刺的是他个人,他的讽刺倘存在,你的讽刺就落空了。

所以,要打倒这样的可恶的讽刺家,只好来改变社会。

然而社会讽刺家究竟是危险的,尤其是在有些"文学家"明明暗暗的成了"王之爪牙"[3]的时代。人们谁高兴做"文字狱"中的主角呢,但倘不死绝,肚子里总还有半口闷气,要借着笑的幌子,哈哈的吐他出来。笑笑既不至于得罪别人,现在的法律上也尚无国民必须哭丧着脸的规定,并非"非法",盖可断言的。

我想:这便是去年以来,文字上流行了"幽默"的原因,但其中单是"为笑笑而笑笑"的自然也不少。

然而这情形恐怕是过不长久的,"幽默"既非国产[4],中国人也不是长于"幽默"的人民,而现在又实在是难以幽默的时候。于是虽幽默也就免不了改变样子了,非倾于对社会的讽刺,即堕入传统的"说笑话"和"讨便宜"。

三月二日。

\* \* \*

〔1〕 本篇最初发表于1933年3月7日《申报·自由谈》,署名何家干。

〔2〕 也么哥  元曲中常用的衬词,无实义;也有写作也波哥、也末哥的。

〔3〕 "王之爪牙"  语出《诗经·小雅·祈父》:"予王之爪牙,胡转予于恤,靡所止居?"据唐孔颖达疏,爪牙,即"爪牙之士",指王的"守卫者"。这里引指统治者的帮凶。

〔4〕 "幽默"既非国产  "幽默"为英文 humour 的音译。林语堂在1924年5月发表《征译散文并提倡"幽默"》一文中,最早将 humour 译为"幽默"。

# 从幽默到正经[1]

"幽默"一倾于讽刺,失了它的本领且不说,最可怕的是有些人又要来"讽刺",来陷害了,倘若堕于"说笑话",则寿命是可以较为长远,流年也大致顺利的,但愈堕愈近于国货,终将成为洋式徐文长[2]。当提倡国货声中,广告上已有中国的"自造舶来品",便是一个证据。

而况我实在恐怕法律上不久也就要有规定国民必须哭丧着脸的明文了。笑笑,原也不能算"非法"的。但不幸东省沦陷,举国骚然,爱国之士竭力搜索失地的原因,结果发见了其一是在青年的爱玩乐,学跳舞。当北海上正在嘻嘻哈哈的溜冰的时候,一个大炸弹抛下来[3],虽然没有伤人,冰却已经炸了一个大窟窿,不能溜之大吉了。

又不幸而榆关失守,热河吃紧了,有名的文人学士,也就更加吃紧起来,做挽歌的也有,做战歌的也有,讲文德[4]的也有,骂人固然可恶,俏皮也不文明,要大家做正经文章,装正经脸孔,以补"不抵抗主义"之不足。

但人类究竟不能这么沉静,当大敌压境之际,手无寸铁,杀不得敌人,而心里却总是愤怒的,于是他就不免寻求敌人的替代。这时候,笑嘻嘻的可就遭殃了,因为他这时便被叫作:"陈叔宝全无心肝"[5]。所以知机的人,必须也和大家一样哭丧着脸,以免于难。"聪明人不吃眼前亏",亦古贤之遗教也,然而这时也就"幽默"归天,"正经"统一了剩下的全中国。

明白这一节,我们就知道先前为什么无论贞女与淫女,见人时都得不笑不言;现在为什么送葬的女人,无论悲哀与否,在路上定要放声大叫。

这就是"正经"。说出来么,那就是"刻毒"。

三月二日。

＊　　＊　　＊

〔1〕 本篇最初发表于1933年3月8日《申报·自由谈》,署名何家干。

〔2〕 徐文长(1521—1593) 名渭,号青藤道士,浙江山阴(今绍兴)人,明末文学家、书画家。著有《徐文长集》、戏曲《四声猿》等。浙东一带流传许多关于他的故事,有的把他描写成诙谐、尖刻的人物。这些故事大部分是民间的创造。

〔3〕 一个大炸弹抛下来 1933年元旦,当北平学生在中南海公园举行化装溜冰大会时,有人当场掷炸弹一枚。在此之前,曾有人以"锄奸救国团"名义,警告男女学生不要只顾玩乐,忘记国难。

〔4〕 讲文德 戴季陶曾在南京《新亚细亚月刊》第五卷第一、二期合刊(1933年1月)发表《文德与文品》一文,其中说:"开口骂人说俏皮话……都非文明人之所应有。"

〔5〕 "陈叔宝全无心肝" 陈叔宝即南朝陈后主。《南史·陈本纪》:"(陈叔宝)既见宥,隋文帝给赐甚厚,数得引见,班同三品;每预宴,恐致伤心,为不奏吴音。后监守者奏言:'叔宝云,既无秩位,每预朝集,愿得一官号。'隋文帝曰:'叔宝全无心肝。'"

# 王 道 诗 话[1]

"人权论"[2]是从鹦鹉开头的。据说古时候有一只高飞远走的鹦哥儿,偶然又经过自己的山林,看见那里大火,它就用翅膀蘸着些水洒在这山上;人家说它那一点儿水怎么救得熄这样的大火,它说:"我总算在这里住过的,现在不得不尽点儿心。"(事出《栎园书影》[3],见胡适[4]《人权论集》序所引。)鹦鹉会救火,人权可以粉饰一下反动的统治。这是不会没有报酬的。胡博士到长沙去演讲一次,何将军[5]就送了五千元程仪。价钱不算小,这"叫做"实验主义[6]。

但是,这火怎么救,在"人权论"时期(一九二九——三〇年),还不十分明白,五千元一次的零卖价格做出来之后,就不同了。最近(今年二月二十一日)《字林西报》[7]登载胡博士的谈话说:

"任何一个政府都应当有保护自己而镇压那些危害自己的运动的权利,固然,政治犯也和其他罪犯一样,应当得着法律的保障和合法的审判……"

这就清楚得多了!这不是在说"政府权"了么?自然,博士的头脑并不简单,他不至于只说:"一只手拿着宝剑,一只手拿着经典!"如什么主义之类。他是说还应当拿着法律。

中国的帮忙文人,总有这一套秘诀,说什么王道,仁政。

你看孟夫子多么幽默,他教你离得杀猪的地方远远的,嘴里吃得着肉,心里还保持着不忍人之心[8],又有了仁义道德的名目。不但骗人,还骗了自己,真所谓心安理得,实惠无穷。

诗曰:

  文化班头博士衔,人权抛却说王权,
  朝廷自古多屠戮,此理今凭实验传。

  人权王道两翻新,为感君恩奏圣明,
  虐政何妨援律例,杀人如草不闻声。

  先生熟读圣贤书,君子由来道不孤,
  千古同心有孟子,也教肉食远庖厨。

  能言鹦鹉毒于蛇,滴水微功漫自夸,
  好向侯门卖廉耻,五千一掷未为奢。

三月五日。

\*   \*   \*

〔1〕 本篇最初发表于1933年3月6日《申报·自由谈》,署名干。

按本篇和下面的《伸冤》、《曲的解放》、《迎头经》、《出卖灵魂的秘诀》、《最艺术的国家》、《内外》、《透底》、《大观园的人才》,以及《南腔北调集》中的《关于女人》、《真假堂吉诃德》,《准风月谈》中的《中国文与中国人》等十二篇文章,都是1933年瞿秋白在上海时所作,其中有的是根据鲁迅的意见或与鲁迅交换意见后写成的。鲁迅对这些文章曾做过字句上的改动(个别篇改换了题目),并请人誊抄后,以自己使用的笔名寄给《申报·自由谈》等报刊发表,后来又分别将它们收入自己的杂文集。

〔2〕 "人权论" 指《人权论集》。该书主要汇集胡适、罗隆基、梁实秋等人1929年间在《新月》杂志上发表的谈人权问题的文章,1930年2月上海新月书店出版,胡适作序。

〔3〕《栎园书影》 即《因树屋书影》。明末清初周栎园著。该书卷二中说:"昔有鹦鹉飞集陀山,因山中大火,鹦鹉遥见,入水濡羽,飞而洒之。天神言:'尔虽有志意,何足云也?'对曰:'尝侨居是山,不忍见耳。'天神嘉感,即为灭火。"这原是一个印度寓言,屡见于汉译佛经中。按周栎园(1612—1672),名亮工,河南祥符(今开封)人。

〔4〕 胡适(1891—1962) 字适之,安徽绩溪人。1927年曾得美国哥伦比亚大学博士学位。他早年留学美国,1917年回国任北京大学教授。"五四"时期,他是新文化运动的代表人物之一。后曾任国民党政府驻美国大使等职。1949年4月去美国,后病死于台湾。

〔5〕 何将军 指何键(1887—1956),湖南醴陵人,国民党军阀。当时任湖南省政府主席。1932年12月胡适应何键之邀到长沙作《我们应走的路》等讲演,据传胡适日记载,何送他"路费"四百元。

〔6〕 实验主义 又称实用主义、工具主义,近代美国的一个哲学派别。认为思想、意识不是客观世界的反映,而是人根据自身的需要提出的"假设"和使用的"工具",能"兑现价值"和"有用"就是真理,强调通过个人的活动实验自己的"假设"和"工具"的价值和效用。主要代表人物有杜威等。胡适是杜威的学生,1919年在北京连续讲演宣传实验主义。在1921年写的《杜威先生与中国》一文中,说杜威的哲学方

法"总名叫做'实验主义'"。

〔7〕 《字林西报》("North China Dairy News") 英国人在上海办的英文日报,由字林洋行出版。1864年7月1日创刊,1951年3月31日停刊。

〔8〕 离得杀猪的地方远远的 见《孟子·梁惠王(上)》:"君子之于禽兽也,见其生,不忍见其死;闻其声,不忍食其肉,是以君子远庖厨也。"不忍人之心,见《孟子·公孙丑(上)》:"人皆有不忍人之心。先王有不忍人之心,斯有不忍人之政矣。"

# 伸　　冤[1]

　　李顿报告书[2]采用了中国人自己发明的"国际合作以开发中国的计划"，这是值得感谢的，——最近南京市各界的电报已经"谨代表京市七十万民众敬致慰念之忱"，称他"不仅为中国好友，且为世界和平及人道正义之保障者"（三月一日南京中央社[3]电）了。

　　然而李顿也应当感谢中国才好：第一，假使中国没有"国际合作学说"，李顿爵士就很难找着适当的措辞来表示他的意思。岂非共管没有了学理上的根据？第二，李顿爵士自己说的："南京本可欢迎日本之扶助以拒共产潮流"，他就更应当对于中国当局的这种苦心孤诣表示诚恳的敬意。

　　但是，李顿爵士最近在巴黎的演说（路透社二月二十日巴黎电），却提出了两个问题，一个是："中国前途，似系于如何，何时及何人对于如此伟大人力予以国家意识的统一力量，日内瓦[4]乎，莫斯科乎？"还有一个是："中国现在倾向日内瓦，但若日本坚持其现行政策，而日内瓦失败，则中国纵非所愿，亦将变更其倾向矣。"这两个问题都有点儿侮辱中国的国家人格。国家者政府也。李顿说中国还没有"国家意识的统一力量"，甚至于还会变更其对于日内瓦之倾向！这岂不是不相信中国国家对于国联的忠心，对于日本的苦心？

为着中国国家的尊严和民族的光荣起见，我们要想答复李顿爵士已经好多天了，只是没有相当的文件。这使人苦闷得很。今天突然在报纸上发见了一件宝贝，可以拿来答复李大人：这就是"汉口警部三月一日的布告"。这里可以找着"铁一样的事实"，来反驳李大人的怀疑。

例如这布告（原文见《申报》三月一日汉口专电）说："在外资下劳力之劳工，如劳资间有未解决之正当问题，应禀请我主管机关代为交涉或救济，绝对不得直接交涉，违者拿办，或受人利用，故意以此种手段，构成严重事态者，处死刑。"这是说外国资本家遇见"劳资间有未解决之正当问题"，可以直接任意办理，而劳工方面如此这般者……就要处死刑。这样一来，我们中国就只剩得"用国家意识统一了的"劳工了。因为凡是违背这"意识"的，都要请他离开中国的"国家"——到阴间去。李大人难道还能够说中国当局不是"国家意识的统一力量"么？

再则统一这个"统一力量"的，当然是日内瓦，而不是莫斯科。"中国现在倾向日内瓦"，——这是李顿大人自己说的。我们这种倾向十二万分的坚定，例如那布告上也说："如有奸民流痞受人诱买勾串，或直受驱使，或假托名义，以图破坏秩序安宁，与构成其他不利于我国家社会之重大犯行者，杀无赦。"这是保障"日内瓦倾向"的坚决手段，所谓"虽流血亦所不辞"。而且"日内瓦"是讲世界和平的，因此，中国两年以来都没有抵抗，因为抵抗就要破坏和平；直到一二八，中国也不过装出挡挡炸弹枪炮的姿势；最近的热河事变，中国方面也

## 伸冤

同样的尽在"缩短阵线"[5]。不但如此,中国方面埋头剿匪,已经宣誓在一两个月内肃清匪共,"暂时"不管热河。这一切都是要证明"日本……见中国南方共产潮流渐起,为之焦虑"[6]是不必的,日本很可以无须亲自出马。中国方面这样辛苦的忍耐的工作着,无非是为着要感动日本,使它悔悟,达到远东永久和平的目的,国际资本可以在这里分工合作。而李顿爵士要还怀疑中国会"变更其倾向",这就未免太冤枉了。

总之,"处死刑,杀无赦",是回答李顿爵士的怀疑的历史文件。请放心罢,请扶助罢。

三月七日。

\* \* \*

〔1〕 本篇最初发表于1933年3月9日《申报·自由谈》,署名干。

〔2〕 李顿报告书　李顿(V. Lytton, 1876—1947),英国贵族。1932年3月,国际联盟派他率领调查团,到我国东北调查九一八事件,同年10月2日发表《国联调查团报告书》(也称《李顿报告书》),虽然确认"东三省为中国之一部",日本发动九一八事件并非"合法之自卫手段";但又说日本在中国东北有"不容漠视"的"权利"及"利益",日本侵占东北是因为中国社会内部"紊乱"和中国人民"排外"使日本遭受"损害",是由于苏联之"扩张"及"中国共产党之发展"使日本"忧虑"。《报告书》提出在东三省成立"满洲自治政府",由以日本为主、英美等多国参加的"顾问会议"共同管理,企图达到瓜分中国的目的。当时国民党政府竟称这一报告"明白公允",对《报告书》原则表示接受。

〔3〕 中央社　国民党中央通讯社的简称。1924年4月1日创办于广州,1927年国民党政府成立后迁至南京。

〔4〕 日内瓦　瑞士西部日内瓦州的首府,国际联盟总部所在地。这里的意思是指英、法等国家集团。

〔5〕 "缩短阵线"　这是国民党宣传机构掩饰其作战部队溃退的用语。如《申报》1933年3月3日所载一则新闻标题为:"敌军深入热河省境,赤峰方面消息混沌,凌原我军缩短防线。"

〔6〕 这也是李顿在巴黎演说中的话。

# 曲 的 解 放[1]

"词的解放"[2]已经有过专号,词里可以骂娘,还可以"打打麻将"。

曲为什么不能解放,也来混账混账?不过,"曲"一解放,自然要"直",——后台戏搬到前台——未免有失诗人温柔敦厚[3]之旨,至于平仄不调,声律乖谬,还在其次。

《平津会》杂剧

(生上):连台好戏不寻常:攘外期间安内忙。只恨热汤[4]滚得快,未敲锣鼓已收场。(唱):

〔短柱天净纱〕[5]　热汤混账——逃亡!
　　　　　　　　装腔抵抗——何妨?
(旦上唱):　　　模仿中央榜样:
　　　　　　　——整装西望,
　　　　　　　商量奔向咸阳。

(生):你你你……低声!你看咱们那汤儿呀,他那里无心串演,我这里有口难分,一出好戏,就此糟糕,好不麻烦人也!

(旦):那有什么:再来一出"查办"[6]好了。咱们一夫一妇,一正一副,也还够唱的。

(生):好罢!(唱):

〔颠倒阳春曲〕[7]　人前指定可憎张[8],

　　　　　　　　骂一声,不抵抗!

(旦背人唱):百忙里算甚糊涂账?

　　　　　　只不过假装腔,

　　　　　　便骂骂又何妨?

(丑携包裹急上):阿呀呀,唅唅不得了了!

(旦抱丑介):我儿呀,你这么心慌!你应当在前面多挡这么几挡,让我们好收拾收拾。(唱):

〔颠倒阳春曲〕　背人搂定可怜汤,

　　　　　　　骂一声,枉抵抗。

　　　　　　　戏台上露甚慌张相?

　　　　　　　　只不过理行装,

　　　　　　　　便等等又何妨?

(丑哭介):你们倒要理行装!我的行装先就不全了,你瞧。(指包裹介。)

(旦):我儿快快走扶桑[9],

(生):雷厉风行查办忙。

(丑):如此牺牲还值得,堂堂大汉有风光。(同下。)

　　　　　　　　　　　　　三月九日。


\*　　　\*　　　\*

〔1〕　本篇最初发表于1933年3月12日《申报·自由谈》,署名何家干。

〔2〕　"词的解放"　1933年曾今可在他主编的《新时代》月刊上

提倡所谓"解放词",该刊第四卷第一期(1933年2月)出版"词的解放运动专号",其中载有他作的《画堂春》:"一年开始日初长,客来慰我凄凉;偶然消遣本无妨,打打麻将。都喝干杯中酒,国家事管他娘;樽前犹幸有红妆,但不能狂。"

〔3〕 温柔敦厚 语出《礼记·经解》:"孔子曰:'……温柔敦厚,诗教也。'"

〔4〕 热汤 双关语,指当时热河省主席汤玉麟。汤玉麟(1871—1937),辽宁阜新人。土匪出身,曾参加张勋复辟活动。1928年任热河省政府主席兼三十六师师长。1933年2月21日日军进攻热河时他仓皇逃跑。日军于3月4日仅以一百余人的兵力就占领了当时的省会承德。

〔5〕 短柱天净纱 短柱,词曲中一种翻新出奇的调式,通篇一句两韵或两字一韵。《天净纱》是"越调"中的曲牌名。

〔6〕 "查办" 热河失陷后,为了逃避国人的谴责,1933年3月7日,国民党政府行政院决议将汤玉麟"免职查办",8日又下令"彻查严缉究办"汤玉麟。

〔7〕 颠倒阳春曲 《阳春曲》一名《喜春来》,是"中吕调"中的曲牌名。作者在《阳春曲》前用"颠倒"二字,含有诙谐、讽刺的意味。

〔8〕 张 指张学良。热河失陷后,蒋介石曾把失地责任委罪于张学良。参看本书第155页注〔1〕。

〔9〕 扶桑 本为中国古代传说中的神木,在太阳所出之处;后转为东方大海中远方国名,《南史·东夷传》:"扶桑在大汉国东二万余里。"从唐时起,我国诗文中常以"扶桑"指称日本。

# 文学上的折扣[1]

有一种无聊小报,以登载诬蔑一部分人的小说自鸣得意,连姓名也都给以影射的,忽然对于投稿,说是"如含攻讦个人或团体性质者恕不揭载"[2]了,便不禁想到了一些事——

凡我所遇见的研究中国文学的外国人中,往往不满于中国文章之夸大。这真是虽然研究中国文学,恐怕到死也还不会懂得中国文学的外国人。倘是我们中国人,则只要看过几百篇文章,见过十来个所谓"文学家"的行径,又不是刚刚"从民间来"的老实青年,就决不会上当。因为我们惯熟了,恰如钱店伙计的看见钞票一般,知道什么是通行的,什么是该打折扣的,什么是废票,简直要不得。

譬如说罢,称赞贵相是"两耳垂肩"[3],这时我们便至少将他打一个对折,觉得比通常也许大一点,可是决不相信他的耳朵像猪猡一样。说愁是"白发三千丈"[4],这时我们便至少将他打一个二万扣,以为也许有七八尺,但决不相信它会盘在顶上像一个大草囤。这种尺寸,虽然有些模胡,不过总不至于相差太远。反之,我们也能将少的增多,无的化有,例如戏台上走出四个拿刀的瘦伶仃的小戏子,我们就知道这是十万精兵;刊物上登载一篇俨乎其然的像煞有介事的文章,我们就知道字里行间还有看不见的鬼把戏。

又反之，我们并且能将有的化无，例如什么"枕戈待旦"呀，"卧薪尝胆"呀，"尽忠报国"呀，[5]我们也就即刻会看成白纸，恰如还未定影的照片，遇到了日光一般。

但这些文章，我们有时也还看。苏东坡贬黄州时，无聊之至，有客来，便要他谈鬼。客说没有。东坡道："你姑且胡说一通罢。"[6]我们的看，也不过这意思。但又可知道社会上有这样的东西，是费去了多少无聊的眼力。人们往往以为打牌，跳舞有害，实则这种文章的害还要大，因为一不小心，就会给它教成后天的低能儿的。

《颂》诗[7]早已拍马，《春秋》[8]已经隐瞒，战国时谈士蜂起，不是以危言耸听，就是以美词动听，于是夸大，装腔，撒谎，层出不穷。现在的文人虽然改著了洋服，而骨髓里却还埋着老祖宗，所以必须取消或折扣，这才显出几分真实。

"文学家"倘不用事实来证明他已经改变了他的夸大，装腔，撒谎……的老脾气，则即使对天立誓，说是从此要十分正经，否则天诛地灭，也还是徒劳的。因为我们也早已看惯了许多家都钉着"假冒王麻子[9]灭门三代"的金漆牌子的了，又何况他连小尾巴也还在摇摇摇呢。

三月十二日。

\* \* \*

　　〔1〕　本篇最初发表于1933年3月15日《申报·自由谈》，署名何家干。

　　〔2〕　见1933年3月《大晚报》副刊《辣椒与橄榄》的征稿启事。

《大晚报》连载的张若谷的"儒林新史"《婆汉迷》,是一部恶意编造的影射文化界人士的长篇小说,如以"罗无心"影射鲁迅,"郭得富"影射郁达夫等。

〔3〕 "两耳垂肩" 旧时野史、小说等形容非凡人物的相貌,如《三国演义》第一回:"(刘备)生得身长八尺,两耳垂肩,双手过膝"。

〔4〕 "白发三千丈" 语出唐代李白《秋浦歌》第十五首:"白发三千丈,缘愁似箇长。"

〔5〕 "枕戈待旦" 晋代刘琨的故事,见《晋书·刘琨传》:"(琨)与亲故书曰:'吾枕戈待旦,志枭逆虏,常恐祖生先吾著鞭。'""卧薪尝胆","尝胆"是春秋时越王勾践的故事,见《史记·越王勾践世家》:"(勾践)苦身焦思,置胆于坐,坐卧即仰胆,饮食亦尝胆也";"卧薪"见宋代苏轼的《拟孙权答曹操书》:"仆受遗以来,卧薪尝胆。"后来讲到越王勾践故事时,习惯用"卧薪尝胆"一语。"尽忠报国",宋代岳飞的故事,见《宋史·岳飞传》:"飞裂裳以背示,铸有'尽忠报国'四大字,深入肤理。"当时国民党军政"要人"在谈话或通电中常引用这类话。

〔6〕 苏东坡要客谈鬼的故事,见宋代叶梦得《石林避暑录话》卷一:"子瞻(苏东坡)在黄州及岭表,每旦起,不招客相与语,则必出而访客。所与游者亦不尽择,各随其人高下,谈谐放荡,不复为畛畦。有不能谈者,则强之使说鬼,或辞无有,则曰'姑妄言之',于是闻者无不绝倒,皆尽欢而去。"

〔7〕 《颂》诗 指《诗经》中的《周颂》、《鲁颂》、《商颂》,它们多是统治阶级祭祖酬神用的作品。

〔8〕 《春秋》 相传为孔子根据鲁国史官记事而编纂的一部鲁国史书。据《春秋榖梁传》成公九年:孔子编《春秋》时,"为尊者讳耻,为贤者讳过,为亲者讳疾。"

〔9〕 王麻子　是北京有长久历史的著名刀剪铺,旧时冒它的牌号的铺子很多;有的冒牌者还在招牌上注明"假冒王麻子灭门三代"字样。

# 迎 头 经[1]

中国现代圣经[2]——迎头经曰:"我们……要迎头赶上去,不要向后跟着。"

传[3]曰:追赶总只有向后跟着,普通是无所谓迎头追赶的。然而圣经决不会错,更不会不通,何况这个年头一切都是反常的呢。所以赶上偏偏说迎头,向后跟着,那就说不行!

现在通行的说法是:"日军所至,抵抗随之",至于收复失地与否,那么,当然"既非军事专家,详细计画,不得而知"。[4]不错呀,"日军所至,抵抗随之",这不是迎头赶上是什么!日军一到,迎头而"赶":日军到沈阳,迎头赶上北平;日军到闸北,迎头赶上真茹;日军到山海关,迎头赶上塘沽;日军到承德,迎头赶上古北口……以前有过行都洛阳,现在有了陪都西安,将来还有"汉族发源地"昆仑山——西方极乐世界。至于收复失地云云,则虽非军事专家亦得而知焉,于经有之,曰"不要向后跟着"也。证之已往的上海战事,每到日军退守租界的时候,就要"严饬所部切勿越界一步"[5]。这样,所谓迎头赶上和勿向后跟,都是不但见于经典而且证诸实验的真理了。右传之一章。

传又曰:迎头赶和勿后跟,还有第二种的微言大义——

报载热河实况曰:"义军[6]皆极勇敢,认扰乱及杀戮日军为兴奋之事……唯张作相[7]接收义军之消息发表后,张作相既不亲往抚慰,热汤又停止供给义军汽油,运输中断,义军大都失望,甚至有认替张作相立功为无谓者。""日军既至凌源,其时张作相已不在,吾人闻讯出走,热汤扣车运物已成目击之事实,证以日军从未派飞机至承德轰炸……可知承德实为妥协之放弃。"(张慧冲[8]君在上海东北难民救济会席上所谈。)虽然据张慧冲君所说,"享名最盛之义军领袖,其忠勇之精神,未能悉如吾人之意想",然而义军的兵士的确是极勇敢的小百姓。正因为这些小百姓不懂得圣经,所以也不知道迎头式的策略。于是小百姓自己,就自然要碰见迎头的抵抗了:热汤放弃承德之后,北平军委分会下令"固守古北口,如义军有欲入口者,即开枪迎击之"。这是说,我的"抵抗"只是随日军之所至,你要换个样子去抵抗,我就抵抗你;何况我的退后是预先约好了的,你既不肯妥协,那就只有"不要你向后跟着"而要把你"迎头赶上"梁山了。右传之二章。

诗云:"惶惶"大军,迎头而奔,"嗤嗤"小民,勿向后跟!赋[9]也。

三月十四日。

这篇文章被检查员所指摘,经过改正,这才能在十九日的报上登出来了。

原文是这样的——

第三段"现在通行的说法"至"当然既",原文为"民国廿二年春×三月某日[10],当局谈话曰:'日军所至,抵抗随之……至收复失地及反攻承德,须视军事进展如何而定,余'"。又"不得而知"下有注云:(《申报》三月十二日第三张)。

第五段"报载热河……"上有"民国廿二年春×三月"九字。

三月十九夜记。

\* \* \*

〔1〕 本篇最初发表于1933年3月19日《申报·自由谈》,署名何家干。

〔2〕 中国现代圣经　指孙中山的《三民主义》。"迎头赶上去"等语,见该书《民族主义》第六讲,原文为:"我们要学外国,是要迎头赶上去,不要向后跟着他。譬如学科学,迎头赶上去,便可以减少两百多年的光阴。"

〔3〕 传　阐释经义的文字。

〔4〕 "日军所至"等语,见1933年3月12日《申报》载国民党代理行政院长宋子文答记者问:"我无论如何抵抗到底。日军所至,抵抗随之";"至于收复失地及反攻承德,须视军事进展如何而定,余非军事专家,详细计划,不得而知。"

〔5〕 "严饬所部切勿越界一步"　一·二八上海战事后,国民党政府为向日本侵略者求和,曾同意侵入中国国土的日军暂撤至上海公共租界,并"严饬"中国军队不得越界前进。

〔6〕 义军　指九一八事变后活动在东北三省、热河一带的抗日义勇军。

〔7〕 张作相(1887—1949)　辽宁义县人,九一八事变时任吉林

省政府主席、东北边防军副司令长官。

〔8〕 张慧冲(1898—1962) 广东中山人,电影演员、电影摄影师。曾于1933年初赴热河前线拍摄义勇军抗日纪录影片《热河血泪史》。这里引用的是他自热河回上海后于3月11日的谈话,载3月12日《申报》。

〔9〕 赋 《诗经》的表现手法之一,据唐代孔颖达《毛诗注疏》解释,是"直陈其事"的意思。

〔10〕 春×三月某日 这里的"×",是从《春秋》第一句"元年、春、王正月"套来的。据《春秋公羊传》隐公元年解释:"何言乎'王正月'?大一统也。"这里用"×三月",含有讽刺国民党独裁统治的意味。

# "光明所到……"[1]

中国监狱里的拷打,是公然的秘密。上月里,民权保障同盟[2]曾经提起了这问题。

但外国人办的《字林西报》就揭载了二月十五日的《北京通信》,详述胡适博士曾经亲自看过几个监狱,"很亲爱的"告诉这位记者,说"据他的慎重调查,实在不能得最轻微的证据,……他们很容易和犯人谈话,有一次胡适博士还能够用英国话和他们会谈。监狱的情形,他(胡适博士——干注)说,是不能满意的,但是,虽然他们很自由的(哦,很自由的——干注)诉说待遇的恶劣侮辱,然而关于严刑拷打,他们却连一点儿暗示也没有。……"

我虽然没有随从这回的"慎重调查"的光荣,但在十年以前,是参观过北京的模范监狱的。虽是模范监狱,而访问犯人,谈话却很不"自由",中隔一窗,彼此相距约三尺,旁边站一狱卒,时间既有限制,谈话也不准用暗号,更何况外国话。

而这回胡适博士却"能够用英国话和他们会谈",真是特别之极了。莫非中国的监狱竟已经改良到这地步,"自由"到这地步;还是狱卒给"英国话"吓倒了,以为胡适博士是李顿爵士的同乡,很有来历的缘故呢?

幸而我这回看见了《招商局三大案》[3]上的胡适博士的

题辞：

"公开检举，是打倒黑暗政治的唯一武器，光明所到，黑暗自消。"（原无新式标点，这是我僭加的——干注。）

我于是大彻大悟。监狱里是不准用外国话和犯人会谈的，但胡适博士一到，就开了特例，因为他能够"公开检举"，他能够和外国人"很亲爱的"谈话，他就是"光明"，所以"光明"所到，"黑暗"就"自消"了。他于是向外国人"公开检举"了民权保障同盟，"黑暗"倒在这一面。

但不知这位"光明"回府以后，监狱里可从此也永远允许别人用"英国话"和犯人会谈否？

如果不准，那就是"光明一去，黑暗又来"了也。

而这位"光明"又因为大学和庚款委员会[4]的事务忙，不能常跑到"黑暗"里面去，在第二次"慎重调查"监狱之前，犯人们恐怕未必有"很自由的"再说"英国话"的幸福了罢。呜呼，光明只跟着"光明"走，监狱里的光明世界真是暂时得很！

但是，这是怨不了谁的，他们千不该万不该是自己犯了"法"。"好人"[5]就决不至于犯"法"。倘有不信，看这"光明"！

三月十五日。

\* \* \*

〔1〕 本篇最初发表于1933年3月22日《申报·自由谈》，署名何家干。

〔2〕 民权保障同盟 全称"中国民权保障同盟"。1932年12月

由宋庆龄、蔡元培、鲁迅、杨铨等发起组织的进步团体;总会设在上海,继而又在上海、北平成立分会。该组织反对国民党的独裁统治,积极援助政治犯,争取集会、结社、言论、出版等自由。它曾对国民党监狱中的黑暗实况进行调查并向社会揭露,因此遭受国民党当局的忌恨和迫害。1933年杨铨被暗杀后,该盟被迫停止活动。

〔3〕 《招商局三大案》 李孤帆著,1933年2月上海现代书局出版。李孤帆曾任招商局监督处秘书、总管理处赴外稽核;1928年参加稽查天津、汉口招商局分局舞弊案,1930年参加调查招商局附设的积余公司独立案,后将三案内容编成此书。招商局,即轮船招商局,旧中国最大的航运公司,清同治十一年(1872)十一月由李鸿章创办的名为官督商办的企业。1932年后成为国民党官僚资本产业。

〔4〕 庚款委员会 1900年(庚子)八国联军侵入中国,强迫清政府于次年订立《辛丑条约》。其中规定付给各国"偿款"海关银四亿五千万两,分三十九年还清,年息四厘(本息总额为九亿八千万两),通称"庚子赔款"。后来,美、英、法、日等帝国主义先后将部分赔款"退还",用以"资助"中国教育事业等,并分别成立了管理这项款务的机构。胡适曾任中英庚款顾问委员会的中国委员及管理美国庚款的中华教育文化基金董事会董事兼秘书,握有该会实权。

〔5〕 "好人" 1922年5月,胡适曾在他主持的《努力周报》第二期上提出"好政府"的主张,宣传由几个"好人"、"社会上的优秀分子""加入政治运动",组成"好政府",中国就可得救。1930年前后,胡适、罗隆基、梁实秋等又在《新月》月刊上重提这个主张。

# 止 哭 文 学[1]

前三年,"民族主义文学"家敲着大锣大鼓的时候,曾经有一篇《黄人之血》[2]说明了最高的愿望是在追随成吉思皇帝的孙子拔都元帅[3]之后,去剿灭"斡罗斯"。斡罗斯者,今之苏俄也。那时就有人指出,说是现在的拔都的大军,就是日本的军马,而在"西征"之前,尚须先将中国征服,给变成从军的奴才。

当自己们被征服时,除了极少数人以外,是很苦痛的。这实例,就如东三省的沦亡,上海的爆击[4],凡是活着的人们,毫无悲愤的怕是很少很少罢。但这悲愤,于将来的"西征"是大有妨碍的。于是来了一部《大上海的毁灭》,用数目字告诉读者以中国的武力,决定不如日本,给大家平平心;而且以为活着不如死亡("十九路军死,是警告我们活得可怜,无趣!"),但胜利又不如败退("十九路军胜利,只能增加我们苟且,偷安与骄傲的迷梦!")。总之,战死是好的,但战败尤其好,上海之役,正是中国的完全的成功。

现在第二步开始了。据中央社消息,则日本已有与满洲国签订一种"中华联邦帝国密约"之阴谋。那方案的第一条是:"现在世界只有两种国家,一种系资本主义,英,美,日,意,法,一种系共产主义,苏俄。现在要抵制苏俄,非中日联合起来……不能成功"云(详见三月十九日《申报》)。

要"联合起来"了。这回是中日两国的完全的成功,是从"大上海的毁灭"走到"黄人之血"路上去的第二步。

固然,有些地方正在爆击,上海却自从遭到爆击之后,已经有了一年多,但有些人民不悟"西征"的必然的步法,竟似乎还没有完全忘掉前年的悲愤。这悲愤,和目前的"联合"就大有妨碍的。在这景况中,应运而生的是给人们一点爽利和慰安,好像"辣椒和橄榄"的文学。这也许正是一服苦闷的对症药罢。为什么呢?就因为是"辣椒虽辣,辣不死人,橄榄虽苦,苦中有味"[5]的。明乎此,也就知道苦力为什么吸鸦片。

而且不独无声的苦闷而已,还据说辣椒是连"讨厌的哭声"也可以停止的。王慈先生在《提倡辣椒救国》这一篇名文里告诉我们说:

"……还有北方人自小在母亲怀里,大哭的时候,倘使母亲拿一只辣茄子给小儿咬,很灵验的可以立止大哭……

"现在的中国,仿佛是一个在大哭时的北方婴孩,倘使要制止他讨厌的哭声,只要多多的给辣茄子他咬。"(《大晚报》副刊第十二号)

辣椒可以止小儿的大哭,真是空前绝后的奇闻,倘是真的,中国人可实在是一种与众不同的特别"民族"了。然而也很分明的看见了这种"文学"的企图,是在给人一辣而不死,"制止他讨厌的哭声",静候着拔都元帅。

不过,这是无效的,远不如哭则"格杀勿论"的灵验。此后要防的是"道路以目"[6]了,我们等待着遮眼文学罢。

三月二十日。

【备考】:

提 倡 辣 椒 救 国　　　王　慈

记得有一次跟着一位北方朋友上天津点心馆子里去,坐定了以后,堂倌跑过来问道:

"老乡!吃些什么东西?"

"两盘锅贴儿!"那位北方朋友用纯粹的北方口音说。

随着锅贴儿端来的,是一盆辣椒。

我看见那位北方朋友把锅贴和着多量的辣椒津津有味的送进嘴里去,触起了我的好奇心,探险般的把一个锅贴悄悄的蘸上一点儿辣椒,送下肚去,只觉得舌尖顿时麻木得失了知觉,喉间痒辣得怪难受,眼眶里不自主涌着泪水,这时,我大大的感觉到痛苦。

那位北方朋友看见了我这个样子,大笑了起来,接着他告诉我,北方人的善吃辣椒是出于天性,他们是抱着"饭菜可以不要,辣椒不能不吃"的主义的;他们对于辣椒已经是仿佛吸鸦片似的上了瘾!还有北方人自小在母亲怀里,大哭的时候,倘使母亲拿一只辣茄子给小儿咬,很灵验的可以立止大哭……

＊　　　　＊　　　　＊

现在的中国,仿佛是一个大哭时的北方婴孩,倘使要制止他讨厌的哭声,只要多多的给辣茄子他咬。

中国的人们,等于我的那位北方朋友,不吃辣椒是不会兴奋的!

三月十二日,《大晚报》副刊《辣椒与橄榄》。

【硬要用辣椒止哭】:

不要乱咬人　　　　王　慈

当心咬着辣椒

上海近来多了赵大爷赵秀才一批的人,握了尺棒,拚命想找到"阿Q相"的人来出气。还好,这一批文人从有色的近视眼镜里望出来认为"阿Q相"的,偏偏不是真正的阿Q。

不知道是什么来历的何家干,看了我的《提倡辣椒救国》(见本刊十二号),认北方小孩的爱嗜辣椒,为"空前绝后"的"奇闻"。倘使我那位北方朋友告诉我,是吹的牛皮,那末,的确可以说空前。而何家干既不是数千年前的刘伯温,在某报上做文章,却是像在造《推背图》。北方小孩子爱嗜辣椒,若使可以算是"奇闻",那么吸鸦片的父母,生育出来的婴孩,为什么也有烟瘾呢?

何家干既抓不到可以出气的对象,他在扑了一个空之后,却还要振振有词,说什么:"倘使是真的,中国人可实在是一种与众不同的特别民族了。"

敢问何家干，戴了有色近视眼镜捧读《提倡辣椒救国》的时候，有没有看见"北方"两个字？（何家干既把有这两个字的句子，录在他的谈话里，显然的是看到了。）既已看到了，那末，请问斯德丁是不是可以代表整个的日耳曼？亚伯丁是不是可以代表整个的不列颠群岛？

在这里我真怀疑，何家干的脑筋，怎的是这么简单？会前后矛盾到这个地步！

赵大爷和赵秀才一类的人，想结党来乱咬人。我可以先告诉他们：我和《辣椒与橄榄》的编者是素不相识的，我也从没有写过《黄人之血》，请何家干若使一定要咬我一口，我劝他再架一副可以透视的眼镜，认清了目标再咬。否则咬着了辣椒，哭笑不得的时候，我不能负责。

三月二十八日，《大晚报》副刊《辣椒与橄榄》。

【但到底是不行的】：

这叫作愈出愈奇　　　家　干

斯德丁[7]实在不可以代表整个的日耳曼的，北方也实在不可以代表全中国。然而北方的孩子不能用辣椒止哭，却是事实，也实在没有法子想。

吸鸦片的父母生育出来的婴孩，也有烟瘾，是的确的。然而嗜辣椒的父母生育出来的婴孩，却没有辣椒瘾，和嗜醋者的孩子，没有醋瘾相同。这也是事实，无论谁都没有法子想。

凡事实,靠发少爷脾气是还是改不过来的。格里莱阿[8]说地球在回旋,教徒要烧死他,他怕死,将主张取消了。但地球仍然在回旋。为什么呢?就因为地球是实在在回旋的缘故。

所以,即使我不反对,倘将辣椒塞在哭着的北方(!)孩子的嘴里,他不但不止,还要哭得更加厉害的。

七月十九日。

\* \* \*

〔1〕 本篇最初发表于1933年3月24日《申报·自由谈》,署名何家干。

〔2〕 《黄人之血》 黄震遐作的诗剧,发表于《前锋月刊》第一卷第七期(1931年4月)。鲁迅在《二心集·"民族主义文学"的任务和运命》一文中,曾给予揭露和批判。

〔3〕 成吉思皇帝(1162—1227) 名铁木真,古代蒙古族的领袖。十三世纪初统一蒙古族各部落,建立蒙古汗国,被拥戴为王,称成吉思汗;1279年忽必烈灭南宋建立元朝后,被追尊为元太祖。他的孙子拔都(1209—1256),于1235年至1244年先后率军西征,侵入俄罗斯和欧洲一些国家。

〔4〕 爆击 日语词,轰炸的意思。

〔5〕 这是1933年3月12日《大晚报·辣椒与橄榄》上编者的话,题为《我们的格言》。

〔6〕 "道路以目" 语出《国语·周语》:周厉王暴虐无道,"国人莫敢言,道路以目"。据三国时吴国韦昭注,即"不敢发言,以目相眲而已"。

〔7〕 斯德丁(Stettin) 欧洲中部奥德河口的城市,古属波兰,曾为普鲁士占有,1933年时属德国,1945年归还波兰人民共和国,今名什切青(Szczecin)。

〔8〕 格里莱阿(G. Galileo,1564—1642) 通译伽俐略,意大利物理学家、天文学家。1632年他发表《关于两种世界体系对话》,反对教会信奉的托勒密地球中心说,证实和发展了哥白尼的地球围绕太阳旋转的"日心说",因此于1633年被罗马教廷宗教裁判所判罪,软禁终身。

# "人　话"[1]

记得荷兰的作家望蔼覃(F. Van Eeden)[2]——可惜他去年死掉了——所做的童话《小约翰》里，记着小约翰听两种菌类相争论，从旁批评了一句"你们俩都是有毒的"，菌们便惊喊道："你是人么？这是人话呵！"

从菌类的立场看起来，的确应该惊喊的。人类因为要吃它们，才首先注意于有毒或无毒，但在菌们自己，这却完全没有关系，完全不成问题。

虽是意在给人科学知识的书籍或文章，为要讲得有趣，也往往太说些"人话"。这毛病，是连法布耳(J. H. Fabre)[3]做的大名鼎鼎的《昆虫记》(Souvenirs Entomologiques)，也是在所不免的。随手抄撮的东西不必说了。近来在杂志上偶然看见一篇教青年以生物学上的知识的文章[4]，内有这样的叙述——

>"鸟粪蜘蛛……形体既似鸟粪，又能伏着不动，自己假做鸟粪的样子。"

>"动物界中，要残食自己亲丈夫的很多，但最有名的，要算前面所说的蜘蛛和现今要说的螳螂了。……"

这也未免太说了"人话"。鸟粪蜘蛛只是形体原像鸟粪，性又不大走动罢了，并非它故意装作鸟粪模样，意在欺骗小虫豕。螳螂界中也尚无五伦[5]之说,它在交尾中吃掉雄的,只是肚子饿了,在吃东西,何尝知道这东西就是自己的家主公。但经用"人话"一写,一个就成了阴谋害命的凶犯,一个是谋死亲夫的毒妇了。实则都是冤枉的。

"人话"之中,又有各种的"人话":有英人话,有华人话。华人话中又有各种:有"高等华人话",有"下等华人话"。浙西有一个讥笑乡下女人之无知的笑话——

"是大热天的正午,一个农妇做事做得正苦,忽而叹道:'皇后娘娘真不知道多么快活。这时还不是在床上睡午觉,醒过来的时候,就叫道:太监,拿个柿饼来!'"

然而这并不是"下等华人话",倒是高等华人意中的"下等华人话",所以其实是"高等华人话"。在下等华人自己,那时也许未必这么说,即使这么说,也并不以为笑话的。

再说下去,就要引起阶级文学的麻烦来了,"带住"。

现在很有些人做书,格式是写给青年或少年的信。自然,说的一定是"人话"了。但不知道是那一种"人话"?为什么不写给年龄更大的人们?年龄大了就不屑教诲么?还是青年和少年比较的纯厚,容易诓骗呢?

三月二十一日。

\* \* \*

〔1〕 本篇最初发表于1933年3月28日《申报·自由谈》,署名何家干。

〔2〕 望蔼覃(1860—1932) 荷兰作家、医生。《小约翰》发表于

1885年,1927年曾由鲁迅译成中文,1928年北平未名社出版。菌类的争论见于该书第五章。

〔3〕 法布耳(1823—1915) 法国昆虫学家。他的《昆虫记》共十卷,第一卷于1879年出版,第十卷于1910年出版,是一部介绍昆虫生活情态的书。

〔4〕 指1933年3月号《中学生》刊载的王历农《动物的本能》一文。

〔5〕 五伦 我国封建社会称君臣、父子、夫妇、兄弟、朋友五种关系为"五伦",《孟子·滕文公(上)》说这五种关系的准则是"父子有亲,君臣有义,夫妇有别,长幼有叙,朋友有信"。

# 出卖灵魂的秘诀[1]

几年前,胡适博士曾经玩过一套"五鬼闹中华"[2]的把戏,那是说:这世界上并无所谓帝国主义之类在侵略中国,倒是中国自己该着"贫穷","愚昧"……等五个鬼,闹得大家不安宁。现在,胡适博士又发见了第六个鬼,叫做仇恨。这个鬼不但闹中华,而且祸延友邦,闹到东京去了。因此,胡适博士对症发药,预备向"日本朋友"上条陈。

据博士说:"日本军阀在中国暴行所造成之仇恨,到今日已颇难消除","而日本决不能用暴力征服中国"(见报载胡适之的最近谈话,下同)。这是值得忧虑的:难道真的没有方法征服中国么?不,法子是有的。"九世之仇,百年之友,均在觉悟不觉悟之关头上,"——"日本只有一个方法可以征服中国,即悬崖勒马,彻底停止侵略中国,反过来征服中国民族的心。"

这据说是"征服中国的唯一方法"。不错,古代的儒教军师,总说"以德服人者王,其心诚服也"[3]。胡适博士不愧为日本帝国主义的军师。但是,从中国小百姓方面说来,这却是出卖灵魂的唯一秘诀。中国小百姓实在"愚昧",原不懂得自己的"民族性",所以他们一向会仇恨,如果日本陛下大发慈悲,居然采用胡博士的条陈,那么,所谓"忠孝仁爱信义和平"

的中国固有文化，就可以恢复：——因为日本不用暴力而用软功的王道，中国民族就不至于再生仇恨，因为没有仇恨，自然更不抵抗，因为更不抵抗，自然就更和平，更忠孝……中国的肉体固然买到了，中国的灵魂也被征服了。

可惜的是这"唯一方法"的实行，完全要靠日本陛下的觉悟。如果不觉悟，那又怎么办？胡博士回答道："到无可奈何之时，真的接受一种耻辱的城下之盟"好了。那真是无可奈何的呵——因为那时候"仇恨鬼"是不肯走的，这始终是中国民族性的污点，即为日本计，也非万全之道。

因此，胡博士准备出席太平洋会议[4]，再去"忠告"一次他的日本朋友：征服中国并不是没有法子的，请接受我们出卖的灵魂罢，何况这并不难，所谓"彻底停止侵略"，原只要执行"公平的"李顿报告——仇恨自然就消除了！

三月二十二日。

\*　　　\*　　　\*

〔1〕 本篇最初发表于1933年3月26日《申报·自由谈》，署名何家干。

〔2〕 "五鬼闹中华" 胡适在《新月》月刊第二卷第十期（1930年4月）发表《我们走那条路》一文，认为危害中国的是"五个大仇敌：第一大敌是贫穷。第二大敌是疾病。第三大敌是愚昧。第四大敌是贪污。第五大敌是扰乱。这五大仇敌之中，资本主义不在内，……封建势力也不在内，因为封建制度早已在二千年前崩坏了。帝国主义也不在内，因为帝国主义不能侵害那五鬼不入之国"。

〔3〕 "以德服人者王,其心诚服也"  语出《孟子·公孙丑(上)》:"以德行仁者王。……以力服人者,非心服也,力不赡也。以德服人者,中心悦而诚服也,如七十子之服孔子也。"

〔4〕 太平洋会议  指太平洋学术会议,又称泛太平洋学术会议,自1920年在美国檀香山首次召开后,每隔数年举行一次。这里所指胡适准备出席的是1933年8月在加拿大温哥华举行的第五次会议。上面文中所引胡适关于"日本决不能用暴力征服中国"等语,都是他就这次会议的任务等问题,于3月18日在北平对新闻记者发表谈话时所说,见1933年3月22日《申报》。

# 文 人 无 文[1]

在一种姓"大"的报的副刊上,有一位"姓张的"在"要求中国有为的青年,切勿借了'文人无行'的幌子,犯着可诟病的恶癖。"[2]这实在是对透了的。但那"无行"的界说,可又严紧透顶了。据说:"所谓无行,并不一定是指不规则或不道德的行为,凡一切不近人情的恶劣行为,也都包括在内。"

接着就举了一些日本文人的"恶癖"的例子,来作中国的有为的青年的殷鉴,一条是"宫地嘉六[3]爱用指爪搔头发",还有一条是"金子洋文[4]喜舐嘴唇"。

自然,嘴唇干和头皮痒,古今的圣贤都不称它为美德,但好像也没有斥为恶德的。不料一到中国上海的现在,爱搔喜舐,即使是自己的嘴唇和头发罢,也成了"不近人情的恶劣行为"了。如果不舒服,也只好熬着。要做有为的青年或文人,真是一天一天的艰难起来了。

但中国文人的"恶癖",其实并不在这些,只要他写得出文章来,或搔或舐,都不关紧要,"不近人情"的并不是"文人无行",而是"文人无文"。

我们在两三年前,就看见刊物上说某诗人到西湖吟诗去了,某文豪在做五十万字的小说了,但直到现在,除了并未预告的一部《子夜》[5]而外,别的大作都没有出现。

拾些琐事,做本随笔的是有的;改首古文,算是自作的是有的。讲一通昏话,称为评论;编几张期刊,暗捧自己的是有的。收罗猥谈,写成下作;聚集旧文,印作评传的是有的。甚至于翻些外国文坛消息,就成为世界文学史家;凑一本文学家辞典,连自己也塞在里面,就成为世界的文人的也有。然而,现在到底也都是中国的金字招牌的"文人"。

　　文人不免无文,武人也一样不武。说是"枕戈待旦"的,到夜还没有动身,说是"誓死抵抗"的,看见一百多个敌兵就逃走了。只是通电宣言之类,却大做其骈体,"文"得异乎寻常。"偃武修文"[6],古有明训,文星[7]全照到营子里去了。于是我们的"文人",就只好不舐嘴唇,不搔头发,揣摩人情,单落得一个"有行"完事。

三月二十八日。

【备考】:

恶　　癖　　　　若谷

　　"文人无行"久为一般人所诟病。

　　所谓"无行",并不一定是不规则或不道德的行为,凡一切不近人情的恶劣行为,也都包括在内。

　　只要是人,谁都容易沾染不良的习惯,特别是文人,因为专心文字著作的缘故,在日常生活方面,自然免不了有怪异的举动,而且,或者也因为工作劳苦的缘故,十人中九人是染着不良嗜好,最普通的,是喜欢服用刺激神经的兴奋剂,卷烟与咖啡,是成为现代文人流行的嗜好品了。

现代的日本文人,除了抽烟喝咖啡之外,各人都犯着各样的怪奇恶癖。前田河广一郎爱酒若命,醉后呶鸣不休;谷崎润一郎爱闻女人的体臭和尝女人的痰涕;今东光喜欢自炫学问宣传自己;金子洋文喜舐嘴唇;细田源吉喜作猥谈,朝食后熟睡二小时;宫地嘉六爱用指爪搔头发;宇野浩二醺醉后侮慢侍妓;林房雄有奸通癖;山本有三乘电车时喜横膝斜坐;胜本清一郎谈话时喜用拇指挖鼻孔。形形色色,不胜枚举。

日本现代文人所犯的恶癖,正和中国旧时文人辜鸿鸣喜闻女人金莲同样的可厌,我要求现代中国有为的青年,不但是文人,都要保持着健全的精神,切勿借了"文人无行"的幌子,再犯着和日本文人同样可诟病的恶癖。

三月九日,《大晚报》副刊《辣椒与橄榄》。


【风凉话?】:

第 四 种 人　　　周木斋

四月四日《申报》《自由谈》,载有何家干先生《文人无文》一文,论中国的文人,有云:

"'不近人情'的并不是'文人无行',而是'文人无文'。拾些琐事,做本随笔的是有的;改首古文,算是自作是有的。进一通昏话,称为评论;编几

> 张期刊,暗捧自己的是有的。收罗猥谈,写成下作;聚集旧文,印作评传的是有的。甚至于翻些外国文坛消息,就成为世界文学史专家;凑一本文学家辞典,连自己也塞在里面,就成为世界的文人的也有。
> 然而,现在到底也都是中国的金字招牌的文人。"

诚如这文所说,"这实在是对透了的"。

然而例外的是:

> "直到现在,除了并未预告的一部《子夜》而外,别的大作却没有出现。"

"文"的"界说",也可借用同文的话,"可又严紧透顶了"。

这文的动机,从开首的几句,可以知道直接是因"一种姓'大'的副刊上一位'姓×的'"关于"文人无行"的话而起的。此外,听说"何家干"就是鲁迅先生的笔名。

可是议论虽"对透","文"的"界说"虽"严紧透顶",但正惟因为这样,却不提防也把自己套在里面了;纵然鲁迅先生是以"第四种人"自居的。

中国文坛的充实而又空虚,无可讳言也不必讳言。不过在矮子中间找长人,比较还是有的。我们企望先进比企图谁某总要深切些,正因熟田比荒地总要容易收获些。以鲁迅先生的素养及过去的造就,总还不失为中国的金钢钻招牌的文人吧。但近年来又是怎样?单就他个人的发展而言,却中画了,现在不下一道罪己诏,顶倒置身事外,说些风凉话,这是"第四种人"了。名的成人!

"不近人情"的固是"文人无文",最要紧的还是"文人不行"("行"为动词)。"进,吾往也!"

四月十五日,《涛声》二卷十四期。

【乘凉】:

两误一不同　　　　家　干

这位木斋先生对我有两种误解,和我的意见有一点不同。

第一是关于"文"的界说。我的这篇杂感,是由《大晚报》副刊上的《恶癖》而来的,而那篇中所举的文人,都是小说作者。这事木斋先生明明知道,现在混而言之者,大约因为作文要紧,顾不及这些了罢,《第四种人》这题目,也实在时新得很。

第二是要我下"罪己诏"。我现在作一个无聊的声明:何家干诚然就是鲁迅,但并没有做皇帝。不过好在这样误解的人们也并不多。

意见不同之点,是:凡有所指责时,木斋先生以自己包括在内为"风凉话";我以自己不包括在内为"风凉话",如身居上海,而责北平的学生应该赴难,至少是不逃难之类[8]。

但由这一篇文章,我可实在得了很大的益处。就是:凡有指摘社会全体的症结的文字,论者往往谓之"骂人"。先前我是很以为奇的。至今才知道一部分人们的意见,是认为这类文章,决不含自己在内,因为如果兼包自己,是应该自下罪己诏的,现在没有诏书而有攻击,足见所指责的全是别人了,于是乎谓之"骂"。且从而群起而骂之,使其人背着一切所指摘的症结,沉入深渊,而天下于是乎太平。

七月十九日。

※　　※　　※

〔1〕　本篇最初发表于1933年4月4日《申报·自由谈》,署名何家干。

〔2〕　指《大晚报·辣椒与橄榄》上张若谷的《恶癖》一文,原文见本篇"备考"。张若谷(1905—1960),江苏南汇(今属上海)人,常为《大晚报》、《申报》的副刊撰稿。

〔3〕　宫地嘉六(1884—1958)　日本小说家。工人出身,曾从事工人运动。作品有《煤烟的臭味》、《一个工人的笔记》等。

〔4〕　金子洋文(1894—?)　日本小说家、剧作家。早期曾参加日本无产阶级文学运动。作品有小说《地狱》、剧本《枪火》等。

〔5〕　《子夜》　长篇小说,茅盾著。1933年1月上海开明书店出版。

〔6〕　"偃武修文"　语出《尚书·武成》,周武王灭商后,"王来自商,至于丰,乃偃武修文。"

〔7〕　文星　即文曲星,又称文昌星,旧时传说中主宰文运的星宿。

〔8〕　周木斋指责学生逃难的话,参看本书第9页注〔5〕。

87

# 最艺术的国家[1]

我们中国的最伟大最永久,而且最普遍的"艺术"是男人扮女人。这艺术的可贵,是在于两面光,或谓之"中庸"——男人看见"扮女人",女人看见"男人扮"。表面上是中性,骨子里当然还是男的。然而如果不扮,还成艺术么?譬如说,中国的固有文化是科举制度,外加捐班[2]之类。当初说这太不像民权,不合时代潮流,于是扮成了中华民国。然而这民国年久失修,连招牌都已经剥落殆尽,仿佛花旦脸上的脂粉。同时,老实的民众真个要起政权来了,竟想革掉科甲出身和捐班出身的参政权。这对于民族是不忠,对于祖宗是不孝,实属反动之至。现在早已回到恢复固有文化的"时代潮流",那能放任这种不忠不孝。因此,更不能不重新扮过一次[3],草案[4]如下:第一,谁有代表国民的资格,须由考试决定。第二,考出了举人之后,再来挑选一次,此之谓选(动词)举人;而被挑选的举人,自然是被选举人了。照文法而论,这样的国民大会的选举人,应称为"选举人者",而被选举人,应称为"被选之举人"。但是,如果不扮,还成艺术么?因此,他们得扮成宪政国家[5]的选举的人和被选举人,虽则实质上还是秀才和举人。这草案的深意就在这里:叫民众看见是民权,而民族祖宗看见是忠孝——忠于固有科举的民族,孝于制定科举的祖宗。

此外,像上海已经实现的民权,是纳税的方有权选举和被选,使偌大上海只剩四千四百六十五个大市民。[6]这虽是捐班——有钱的为主,然而他们一定会考中举人,甚至不补考也会赐同进士出身[7]的,因为洋大人膝下的榜样,理应遵照,何况这也并不是一面违背固有文化,一面又扮得很像宪政民权呢?此其一。

其二,一面交涉,一面抵抗[8]:从这一方面看过去是抵抗,从那一面看过来其实是交涉。其三,一面做实业家,银行家,一面自称"小贫"[9]而已。其四,一面日货销路复旺,一面对人说是"国货年"[10]……诸如此类,不胜枚举,而大都是扮演得十分巧妙,两面光滑的。

呵,中国真是个最艺术的国家,最中庸的民族。

然而小百姓还要不满意,呜呼,君子之中庸,小人之反中庸也[11]!

三月三十日。

\* \* \*

〔1〕 本篇最初发表于1933年4月2日《申报·自由谈》,署名何家干。

〔2〕 捐班 指不经科举考试,而用钱财换得官职或做官的资格。清代曾明定价格,实行直接用银钱捐官的制度,京官自郎中以下,外官自道府以下,均可捐得。

〔3〕 重新扮过一次 指1933年春蒋介石提出"制定宪法草案"和"召开国民大会"。1931年5月国民党政府曾开过一次"国民会议",

89

公布过所谓"训政时期约法",所以这里说"重新扮过一次"。

〔4〕 草案 指1933年3月24日国民党政府宪法草案起草委员会拟定的关于"国民大会组织"的草案。其中第三条规定:"中华民国之国民,年满二十岁者,有选举代表权,年满三十岁经考试及格者,有被选举代表权。"

〔5〕 宪政国家 孙中山在所著《建国大纲》中,划分"建国"程序为"军政"、"训政"、"宪政"三个时期。主张到宪政时期召开国民大会,颁布宪法,成立民选政府。以蒋介石为首的国民党当局曾长期利用"军政"、"训政"的说法,作为实行专制独裁和剥夺人民自由的借口;1933年,他们宣称要"结束训政"、准备实施宪政,但实际上仍实行国民党的独裁统治。

〔6〕 上海只剩四千四百六十五个大市民 这里说的上海,指当时的上海公共租界。上海公共租界自1928年起,准许由"高等华人"组织的"纳税华人会"选举华人董事三人(1930年起增至五人)、华人委员六人参加租界的行政机关工部局。"纳税华人会"章程规定有下列资格的可为会员并有选举权:一、所执产业地价在五百两(按指银两)以上者;二、每年纳房捐或地捐十两以上者;三、每年付房租在五百两以上而付捐者(按上海公共租界规定出租房产的房捐,由租用者负担)。有下列资格并住公共租界五年以上者,可以被选为"纳税华人会"代表大会代表及被推选为工部局的华人董事、华人委员:一、年付房地各捐在五十两以上;二、年付房租一千二百两以上而付捐者。本文所说的"四千四百六十五个大市民",是指1933年3月27日"纳税华人会"市民组举行第十二届选举时,按上述条件统计的会员数,其中有选举权者二千一百七十五人,有被选举权者二千二百九十人。

〔7〕 赐同进士出身 明、清科举制度规定,举人经会试考中后又经殿试考中的,分为三甲:一甲赐进士及第,二甲赐进士出身,三甲赐

同进士出身。

〔8〕 一面交涉,一面抵抗　1932年一·二八战事爆发后,国民党政府行政院长汪精卫于2月13日发表对日方针的讲话,说要"一面抵抗,一面交涉",并解释说"因为不能战,所以抵抗;因为不能和,所以交涉,是以抵抗和交涉并行。"

〔9〕 "小贫"　这个词见于孙中山所著《三民主义》一书中《民生主义》第二讲:"中国人所谓贫富不均,不过在贫的阶级之中,分出大贫与小贫。其实中国的顶大资本家,和外国资本家比较,不过是一个小贫。"孙中山的意思在于说明中国民族资本主义受着外国资本主义的排斥和打击,因而难以发展;但后来中国一些资本家曾利用这句话来否认无产阶级和资产阶级的区别。

〔10〕 "国货年"　上海工商界曾把1933年定为"国货年",并于该年元旦举行游行大会,进行宣传。

〔11〕 "君子之中庸"二句,语出《礼记·中庸》:"仲尼曰:'君子中庸,小人反中庸。'"

# 现　代　史[1]

　　从我有记忆的时候起,直到现在,凡我所曾经到过的地方,在空地上,常常看见有"变把戏"的,也叫作"变戏法"的。

　　这变戏法的,大概只有两种——

　　一种,是教一个猴子戴起假面,穿上衣服,耍一通刀枪;骑了羊跑几圈。还有一匹用稀粥养活,已经瘦得皮包骨头的狗熊玩一些把戏。末后是向大家要钱。

　　一种,是将一块石头放在空盒子里,用手巾左盖右盖,变出一只白鸽来;还有将纸塞在嘴巴里,点上火,从嘴角鼻孔里冒出烟焰。其次是向大家要钱。要了钱之后,一个人嫌少,装腔作势的不肯变了,一个人来劝他,对大家说再五个。果然有人抛钱了,于是再四个,三个……

　　抛足之后,戏法就又开了场。这回是将一个孩子装进小口的坛子里面去,只见一条小辫子,要他再出来,又要钱。收足之后,不知怎么一来,大人用尖刀将孩子刺死了,盖上被单,直挺挺躺着,要他活过来,又要钱。

　　"在家靠父母,出家靠朋友……Huazaa！Huazaa！[2]"变戏法的装出撒钱的手势,严肃而悲哀的说。

　　别的孩子,如果走近去想仔细的看,他是要骂的;再不听,他就会打。

果然有许多人 Huazaa 了。待到数目和预料的差不多,他们就检起钱来,收拾家伙,死孩子也自己爬起来,一同走掉了。

看客们也就呆头呆脑的走散。

这空地上,暂时是沉寂了。过了些时,就又来这一套。俗语说,"戏法人人会变,各有巧妙不同。"其实是许多年间,总是这一套,也总有人看,总有人 Huazaa,不过其间必须经过沉寂的几日。

我的话说完了,意思也浅得很,不过说大家 Huazaa Huazaa 一通之后,又要静几天了,然后再来这一套。

到这里我才记得写错了题目,这真是成了"不死不活"的东西。

四月一日。

\* \* \*

〔1〕 本篇最初发表于1933年4月8日《申报·自由谈》,署名何家干。

〔2〕 Huazaa 用拉丁字母拼写的象声词,译音似"哗嚓",形容撒钱的声音。

# 推 背 图[1]

我这里所用的"推背"的意思,是说:从反面来推测未来的情形。

上月的《自由谈》里,就有一篇《正面文章反看法》[2],这是令人毛骨悚然的文字。因为得到这一个结论的时候,先前一定经过许多苦楚的经验,见过许多可怜的牺牲。本草家[3]提起笔来,写道:砒霜,大毒。字不过四个,但他却确切知道了这东西曾经毒死过若干性命的了。

里巷间有一个笑话:某甲将银子三十两埋在地里面,怕人知道,就在上面竖一块木板,写道"此地无银三十两"。隔壁的阿二因此却将这掘去了,也怕人发觉,就在木板的那一面添上一句道,"隔壁阿二勿曾偷。"这就是在教人"正面文章反看法"。

但我们日日所见的文章,却不能这么简单。有明说要做,其实不做的;有明说不做,其实要做的;有明说做这样,其实做那样的;有其实自己要这么做,倒说别人要这么做的;有一声不响,而其实倒做了的。然而也有说这样,竟这样的。难就在这地方。

例如近几天报章上记载着的要闻罢:

一,××军在××血战,杀敌××××人。

二，××谈话：决不与日本直接交涉，仍然不改初衷，抵抗到底。

三，芳泽来华[4]，据云系私人事件。

四，共党联日，该伪中央已派干部××赴日接洽。[5]

五，××××……

倘使都当反面文章看，可就太骇人了。但报上也有"莫干山路草棚船百余只大火"，"××××廉价只有四天了"等大概无须"推背"的记载，于是乎我们就又胡涂起来。

听说，《推背图》[6]本是灵验的，某朝某帝怕他淆惑人心，就添了些假造的在里面，因此弄得不能预知了，必待事实证明之后，人们这才恍然大悟。

我们也只好等着看事实，幸而大概是不很久的，总出不了今年。

四月二日。

\*　　\*　　\*

〔1〕　本篇最初发表于1933年4月6日《申报·自由谈》，署名何家干。

〔2〕　《正面文章反看法》　陈子展作，发表于1933年3月13日《申报·自由谈》。其中说当时的喊"航空救国"，其实是不敢炸日本军而只是炸"匪"（红军）；"长期抵抗"等于长期不抵抗；"收回失地"等于不收回失地，等等。

〔3〕　本草家　指中药药物学家。汉代有托名神农作的药物学书《本草》，载药三百六十五味，后即以本草为中药的统称。北宋日华子

《日华诸家本草》和徐承《本草别说》、明代李时珍《本草纲目》等书都记载砒霜"有毒"或"有大毒"。

〔4〕 芳泽来华　1933年3月31日,曾经做过日本驻华公使、外务大臣的芳泽谦吉(1874—1965)从日本到上海,对外宣称是私人"漫游","并无含有外交及政治等使命"(4月1日《申报》载中央社消息),以掩饰其来华活动的目的。

〔5〕 这是国民党当局散布的谣言,载于1933年4月2日《申报》"国内电讯"。

〔6〕 《推背图》　一种谶纬图册。《宋史·艺文志》列为五行家的著作,不题撰人,南宋岳珂《桯史》以为唐代李淳风撰。现存传本一卷共六十图,前五十九图预测以后历代兴亡变乱,第六十图画的是唐代袁天纲要李淳风停止继续预测而推李的背脊的动作,故后来又被认作李袁二人同撰。《桯史》卷一《艺祖禁谶书》说:"唐李淳风作《推背图》。五季之乱,王侯崛起,人有幸心,故其学益炽,闭口张弓之谶,吴越至以遍名其子,……宋兴,受命之符尤为著明。艺祖(按历代称太祖或高祖为"艺祖",此处指宋太祖)即位,始诏禁谶书,惧其惑民志,以繁刑辟。然图传已数百年,民间多有藏本,不复可收拾,有司患之。一日,赵韩王以开封具狱奏,因言'犯者至众,不可胜诛'。上曰:'不必多禁,正当混之耳。'乃命取旧本,自已验之外,皆紊其次而杂书之,凡为百本,使与存者并行。于是传者憎其先后,莫知其孰讹;间有存者,不复验,亦弃弗藏矣。"

# 《杀错了人》异议[1]

看了曹聚仁[2]先生的一篇《杀错了人》，觉得很痛快，但往回一想，又觉得有些还不免是愤激之谈了，所以想提出几句异议——

袁世凯[3]在辛亥革命之后，大杀党人，从袁世凯那方面看来，是一点没有杀错的，因为他正是一个假革命的反革命者。

错的是革命者受了骗，以为他真是一个筋斗，从北洋大臣变了革命家了，于是引为同调，流了大家的血，将他浮上总统的宝位去。到二次革命[4]时，表面上好像他又是一个筋斗，从"国民公仆"[5]变了吸血魔王似的。其实不然，他不过又显了本相。

于是杀，杀，杀。北京城里，连饭店客栈中，都满布了侦探；还有"军政执法处"[6]，只见受了嫌疑而被捕的青年送进去，却从不见他们活着走出来；还有，《政府公报》上，是天天看见党人脱党的广告，说是先前为友人所拉，误入该党，现在自知迷谬，从此脱离，要洗心革面的做好人了。

不久就证明了袁世凯杀人的没有杀错，他要做皇帝了。

这事情，一转眼竟已经是二十年，现在二十来岁的青年，那时还在吸奶，时光是多么飞快呵。

但是，袁世凯自己要做皇帝，为什么留下他真正对头的旧皇帝[7]呢？这无须多议论，只要看现在的军阀混战就知道。他们打得你死我活，好像不共戴天似的，但到后来，只要一个"下野"了，也就会客客气气的，然而对于革命者呢，即使没有打过仗，也决不肯放过一个。他们知道得很清楚。

所以我想，中国革命的闹成这模样，并不是因为他们"杀错了人"，倒是因为我们看错了人。

临末，对于"多杀中年以上的人"的主张，我也有一点异议，但因为自己早在"中年以上"了，为避免嫌疑起见，只将眼睛看着地面罢。

四月十日。

记得原稿在"客客气气的"之下，尚有"说不定在出洋的时候，还要大开欢送会"这类意思的句子，后被删去了。

四月十二日记。

【备考】：

### 杀错了人　　曹聚仁

前日某报载某君述长春归客的谈话，说：日人在伪国已经完成"专卖鸦片"和"统一币制"的两大政策。这两件事，从前在老张小张时代，大家认为无法整理，现在他们一举手之间，办得有头有绪。所以某君叹息道："愚尝与东北人士论币制紊乱之害，咸以积重难返，诿为难办；

何以日人一刹那间,即毕乃事?'是不为也,非不能也。'此为国人一大病根!"

岂独"病根"而已哉!中华民族的灭亡和中华民国的颠覆,也就在这肺痨病上。一个社会,一个民族,到了衰老期,什么都"积重难返",所以非"革命"不可。革命是社会的突变过程;在过程中,好人,坏人,与不好不坏的人,总要杀了一些。杀了一些人,并不是没有代价的:于社会起了隔离作用,旧的社会和新的社会截然分成两段,恶的势力不会传染到新的组织中来。所以革命杀人应该有标准,应该多杀中年以上的人,多杀代表旧势力的人。法国大革命的成功,即在大恐慌时期的扫荡旧势力。

可是中国每一回的革命,总是反了常态。许多青年因为参加革命运动,做了牺牲;革命进程中,旧势力一时躲开去,一些也不曾铲除掉;革命成功以后,旧势力重复涌了出来,又把青年来做牺牲品,杀了一大批。孙中山先生辛辛苦苦做了十来年革命工作,辛亥革命成功了,袁世凯拿大权,天天杀党人,甚至连十五六岁的孩子都要杀;这样的革命,不但不起隔离作用,简直替旧势力作保镖;因此民国以来,只有暮气,没有朝气,任何事业,都不必谈改革,一谈改革,必"积重难返,诿为难办"。其恶势力一直注到现在。

这种反常状态,我名之曰"杀错了人"。我常和朋友说:"不流血的革命是没有的,但'流血'不可流错了人。早杀溥仪,多杀郑孝胥之流,方是邦国之大幸。若乱杀二十五岁以下的青年,倒行逆施,斫丧社会元气,就可以得'亡国灭种'的'眼前报'。"

《自由谈》,四月十日。

\*　　\*　　\*

〔1〕 本篇最初发表于1933年4月12日《申报·自由谈》,署名何家干。

〔2〕 曹聚仁(1900—1972) 浙江浦江人,当时任暨南大学教授和《涛声》周刊主编。

〔3〕 袁世凯(1859—1916) 字慰亭,河南项城人。原是清王朝的直隶总督兼北洋大臣、内阁总理大臣;辛亥革命后,于1912、1913年先后攫取了中华民国临时大总统、正式大总统职位。1916年1月复辟帝制,称"洪宪"皇帝,同年3月在国人的声讨中被迫取消帝制,6月病死。

〔4〕 二次革命 袁世凯篡夺辛亥革命的果实后,蓄谋复辟,破坏《中华民国临时约法》,杀害国民党代理理事长宋教仁等革命党人。1913年7月,孙中山发动讨袁战争,称为"二次革命"。至9月中旬,各地讨袁军均被袁世凯所打败。二次革命失败后,袁世凯更加疯狂地捕杀革命党人,并颁布"附乱自首"特赦令等,分化革命力量。

〔5〕 "国民公仆" 袁世凯在出任中华民国总统职位时,曾自称是"国民一分子",并说过"总统向称公仆"等话。

〔6〕 "军政执法处" 袁世凯于1913年5月设立的专事捕杀革命者和爱国人士的特务机关。

〔7〕 旧皇帝 指清朝宣统皇帝溥仪(1906—1967)。辛亥革命后,南京临时政府与清廷谈判议决,对退位后的清帝给以优待,仍保留其皇帝称号。袁世凯复辟帝制时,曾"申令清室优待条件永不变更"。

# 中国人的生命圈[1]

"蝼蚁尚知贪生"[2],中国百姓向来自称"蚁民",我为暂时保全自己的生命计,时常留心着比较安全的处所,除英雄豪杰之外,想必不至于讥笑我的罢。

不过,我对于正面的记载,是不大相信的,往往用一种另外的看法。例如罢,报上说,北平正在设备防空,我见了并不觉得可靠;但一看见载着古物的南运[3],却立刻感到古城的危机,并且由这古物的行踪,推测中国乐土的所在。

现在,一批一批的古物,都集中到上海来了,可见最安全的地方,到底也还是上海的租界上。

然而,房租是一定要贵起来的了。

这在"蚁民",也是一个大打击,所以还得想想另外的地方。

想来想去,想到了一个"生命圈"。这就是说,既非"腹地",也非"边疆"[4],是介乎两者之间,正如一个环子,一个圈子的所在,在这里倒或者也可以"苟延性命于×世"[5]的。

"边疆"上是飞机抛炸弹。据日本报,说是在剿灭"兵匪";据中国报,说是屠戮了人民,村落市廛,一片瓦砾。"腹地"里也是飞机抛炸弹。据上海报,说是在剿灭"共匪",他们被炸得一塌胡涂;"共匪"的报上怎么说呢,我们可不知道。

但总而言之，边疆上是炸，炸，炸；腹地里也是炸，炸，炸。虽然一面是别人炸，一面是自己炸，炸手不同，而被炸则一。只有在这两者之间的，只要炸弹不要误行落下来，倒还有可免"血肉横飞"的希望，所以我名之曰"中国人的生命圈"。

再从外面炸进来，这"生命圈"便收缩而为"生命线"；再炸进来，大家便都逃进那炸好了的"腹地"里面去，这"生命圈"便完结而为"生命〇"。

其实，这预感是大家都有的，只要看这一年来，文章上不大见有"我中国地大物博，人口众多"的套话了，便是一个证据。而有一位先生，还在演说上自己说中国人是"弱小民族"哩。

但这一番话，阔人们是不以为然的，因为他们不但有飞机，还有他们的"外国"！

四月十日。

\* \* \*

〔1〕 本篇最初发表于1933年4月14日《申报·自由谈》，署名何家干。

〔2〕 "蝼蚁尚知贪生" 元代马致远《荐神碑》第三折："蝼蚁尚且贪生，为人何不惜命？"

〔3〕 古物的南运 据1933年2月至4月间报载，国民党政府已将北平故宫博物院、历史语言研究所等所存古物近二万箱，分批南运到上海，存放于租界的仓库中。

〔4〕 "腹地" 指江西等地区的工农红军根据地。1933年2月

至4月,蒋介石在第四次反革命"围剿"的后期,调集五十万兵力进攻中央革命根据地,并出动飞机滥肆轰炸。"边疆",指当时热河一带。1933年3月日军占领承德后,又向冷口、古北口、喜峰口等地进迫,出动飞机狂炸,人民死伤惨重。

〔5〕 "苟延性命于×世" 语出诸葛亮《前出师表》:"苟全性命于乱世,不求闻达于诸侯。"

# 内　外[1]

古人说内外有别,道理各各不同。丈夫叫"外子",妻叫"贱内"。伤兵在医院之内,而慰劳品在医院之外,非经查明,不准接收。对外要安,对内就要攘,或者嚷。

何香凝[2]先生叹气:"当年唯恐其不起者,今日唯恐其不死。"然而死的道理也是内外不同的。

庄子曰,"哀莫大于心死,而身死次之。"[3]次之者,两害取其轻也。所以,外面的身体要它死,而内心要它活;或者正因为要那心活,所以把身体治死。此之谓治心。

治心的道理很玄妙:心固然要活,但不可过于活。

心死了,就明明白白地不抵抗,结果,反而弄得大家不镇静。心过于活了,就胡思乱想,当真要闹抵抗:这种人,"绝对不能言抗日"[4]。

为要镇静大家,心死的应该出洋[5],留学是到外国去治心的方法。

而心过于活的,是有罪,应该严厉处置,这才是在国内治心的方法。

何香凝先生以为"谁为罪犯是很成问题的",——这就因为她不懂得内外有别的道理。

四月十一日。

\* \* \*

〔1〕 本篇最初发表于1933年4月17日《申报·自由谈》,署名何家干。

〔2〕 何香凝(1878—1972) 广东南海人,廖仲恺的夫人。早年参加孙中山领导的同盟会,从事革命活动。曾任国民党中央执行委员。1927年蒋介石叛变革命后,她坚持进步立场,进行了不妥协的斗争。1933年3月她曾致书国民党中央各委员,建议大赦全国政治犯,由她率领北上,从事抗日军的救护工作,但国民党当局置之不理。本文所引用的,是她在3月18日就此事对日日社记者的谈话,曾刊载于次日上海各报。

〔3〕 "哀莫大于心死,而身死次之。" 语出《庄子·田子方》:"仲尼曰:'恶,可不察与!夫哀莫大于心死,而人死亦次之。'"

〔4〕 "绝对不能言抗日" 1933年春,蒋介石在第四次"围剿"被粉碎后,于4月10日在南昌对国民党将领演讲说:"抗日必先剿匪。征之历代兴亡,安内始能攘外,在匪未剿清之先,绝对不能言抗日,违者即予最严厉处罚。……剿匪要领,首须治心,王阳明在赣剿匪,致功之道,即由于此。哀莫大于心死,内忧外患,均不足惧,惟国人不幸心死,斯可忧耳。救国须从治心做起,吾人当三致意焉。"

〔5〕 心死的应该出洋 指张学良。参看本书155页注〔1〕。

# 透　　底[1]

　　凡事彻底是好的,而"透底"就不见得高明。因为连续的向左转,结果碰见了向右转的朋友,那时候彼此点头会意,脸上会要辣辣的。要自由的人,忽然要保障复辟的自由,或者屠杀大众的自由,——透底是透底的了,却连自由的本身也漏掉了,原来只剩得一个无底洞。

　　譬如反对八股[2]是极应该的。八股原是蠢笨的产物。一来是考官嫌麻烦——他们的头脑大半是阴沉木[3]做的,——甚么代圣贤立言,甚么起承转合,文章气韵,都没有一定的标准,难以捉摸,因此,一股一股地定出来,算是合于功令[4]的格式,用这格式来"衡文",一眼就看得出多少轻重。二来,连应试的人也觉得又省力,又不费事了。这样的八股,无论新旧,都应当扫荡。但是,这是为着要聪明,不是要更蠢笨些。

　　不过要保存蠢笨的人,却有一种策略。他们说:"我不行,而他和我一样。"——大家活不成,拉倒大吉!而等"他"拉倒之后,旧的蠢笨的"我"却总是偷偷地又站起来,实惠是属于蠢笨的。好比要打倒偶像,偶像急了,就指着一切活人说,"他们都像我",于是你跑去把貌似偶像的活人,统统打倒;回来,偶像会赞赏一番,说打倒偶像而打倒"打倒"者,确是透底之至。其实,这时候更大的蠢笨,笼罩了全世界。

开口诗云子曰,这是老八股;而有人把"达尔文说,蒲力汗诺夫曰"也算做新八股。[5]于是要知道地球是圆的,人人都要自己去环游地球一周;要制造汽机的,也要先坐在开水壶前格物[6]……。这自然透底之极。其实,从前反对卫道文学,原是说那样吃人的"道"不应该卫,而有人要透底,就说什么道也不卫;这"什么道也不卫"难道不也是一种"道"么?所以,真正最透底的,还是下列的一个故事:

古时候一个国度里革命了,旧的政府倒下去,新的站上来。旁人说,"你这革命党,原先是反对有政府主义的,怎么自己又来做政府?"那革命党立刻拔出剑来,割下了自己的头;但是,他的身体并不倒,而变成了僵尸,直立着,喉管里吞吞吐吐地似乎是说:这主义的实现原本要等三千年之后呢[7]。

四月十一日。

【来信】:

家干先生:

昨阅及大作《透底》一文,有引及晚前发表《论新八股》之处,至为欣幸。惟所"譬"云云,实出误会。鄙意所谓新八股者,系指有一等文,本无充实内容,只有时髦幌子,或利用新时装包裹旧皮囊而言。因为是换汤不换药,所以"这个空虚的宇宙",仍与"且夫天地之间"同为八股。因为是挂羊头卖狗肉,所以"达尔文说""蒲力汗诺夫说",仍与"子曰诗云"毫无二致。故攻击不在"达尔文说","蒲力汗诺夫说",与"这个宇宙"本身（其实"子曰","诗云",如做起一本中国文学史来，仍旧要引用，断无所谓八股之理），而在利用此而成为新八股之形式。先生所举"地球""机器"之例，"透底""卫道"之理，三尺之童，亦知其非，以此作比，殊觉曲解。

今日文坛，虽有蓬勃新气，然一切狐鼠魍魉，仍有改头换面，衣锦逍遥，如礼拜六礼拜五派等以旧货新装出现者，此种新皮毛旧骨髓之八股，未审先生是否认为应在扫除之列？

又有借时代招牌，歪曲革命学说，口念阿弥，心存罔想者，此种借他人边幅，盖自己臭脚之新八股，未审先生亦是否认为应在扫除之列？

"透底"言之，"譬如"古之皇帝，今之主席，在实质上固知大有区别，但仍有今之主席与古之皇帝一模一样者，则在某一意义上非难主席，其意自明，苟非志在捉虱，未必不能两目了然也。

予生也晚，不学无术，但虽无"彻底"之聪明，亦不致如"透底"之蠢笨，容或言而未"透"，致招误会耳。尚望赐教到"底"，感"透"感"透"！

祝秀侠上。

【回信】：

秀侠[8]先生：

接到你的来信，知道你所谓新八股是礼拜五六派[9]等流。其实礼拜五六派的病根并不全在他们的八股性。

八股无论新旧,都在扫荡之列,我是已经说过了;礼拜五六派有新八股性,其余的人也会有新八股性。例如只会"辱骂""恐吓"甚至于"判决"[10],而不肯具体地切实地运用科学所求得的公式,去解释每天的新的事实,新的现象,而只抄一通公式,往一切事实上乱凑,这也是一种八股。即使明明是你理直,也会弄得读者疑心你空虚,疑心你已经不能答辩,只剩得"国骂"了。

至于"歪曲革命学说"的人,用些"蒲力汗诺夫曰"等来掩盖自己的臭脚,那他们的错误难道就在他写了"蒲……曰"等等么?我们要具体的证明这些人是怎样错误,为什么错误。假使简单地把"蒲力汗诺夫曰"等等和"诗云子曰"等量齐观起来,那就一定必然的要引起误会。先生来信似乎也承认这一点。这就是我那《透底》里所以要指出的原因。

最后,我那篇文章是反对一种虚无主义的一般倾向的,你的《论新八股》之中的那一句,不过是许多例子之中的一个,这是必须解除的一个"误会"。而那文章却并不是专为这一个例子写的。

家　干。

\*　　\*　　\*

〔1〕　本篇最初发表于1933年4月19日《申报·自由谈》,署名何家干。

〔2〕　八股　明、清科举考试制度所规定的一种公式化文体,每

篇分破题、承题、起讲、入手、起股、中股、后股、束股八部分,后四部分是主体,每部分有两股相比偶的文字,合共八股,所以叫八股文。

〔3〕 阴沉木　一称阴桫,指某些久埋土中而质地坚硬的木材,旧时认为是制棺木的贵重材料。这里借喻思想的顽固僵化。

〔4〕 功令　旧时指考核、录用学者的法令或规程,也泛指政府法令。

〔5〕 指祝秀侠发表于1933年4月4日《申报·自由谈》的《论"新八股"》,其中列举"新旧八股的对比":"(旧)孔子曰……孟子曰……《诗》不云乎……诚哉是言也。(新)康德说……蒲力哈诺夫说……《三民主义》里面不是说过吗?……这是很对的。"

〔6〕 格物　推究事物的道理。《礼记·大学》:"致知在格物。"

〔7〕 这里是讽刺国民党政要吴稚晖,他在1926年2月4日写的《所谓赤化问题》(致邵飘萍)中说:"赤化就所谓共产,这实在是三百年以后的事,犹之乎还有比他再进步的,叫做无政府。他更是三千年以后的事。"

〔8〕 秀侠　祝秀侠(1907—1986),广东番禺人。曾参加"左联",时任《现代文化》月刊编辑。后投靠国民党,曾任国民党候补中央监察委员等职。

〔9〕 礼拜五六派　礼拜六派,又称鸳鸯蝴蝶派,兴起于清末民初,多用文言文描写迎合小市民趣味的才子佳人故事,因在1914年至1923年间出版《礼拜六》周刊,故称礼拜六派。礼拜五派是当时进步文艺界对一些更为低级庸俗的作家、作品的讽刺说法。1933年3月9日,鲁迅、茅盾、郁达夫、洪深等人聚会,茅盾提到"一批所谓文人,有礼拜六派的无耻,文章却还没有礼拜六派的好,无以名其派,暂名为'礼拜五'",大家大笑一致通过。(见1933年3月11日《艺术新闻》周刊)

〔10〕 "辱骂""恐吓"甚至于"判决"　作者在1932年12月曾发表《辱骂与恐吓决不是战斗》一文(后收入《南腔北调集》),对当时左翼文艺界一些人在斗争中表现的这种错误倾向进行了批评。文章发表后,祝秀侠曾化名"首甲",与别人联合在《现代文化》第一卷第二期(1933年2月)发表文章,为被批评的错误倾向辩解。

## "以夷制夷"[1]

我还记得,当去年中国有许多人,一味哭诉国联的时候,日本的报纸上往往加以讥笑,说这是中国祖传的"以夷制夷"[2]的老手段。粗粗一看,也仿佛有些像的,但是,其实不然。那时的中国的许多人,的确将国联看作"青天大老爷",心里何尝还有一点儿"夷"字的影子。

倒相反,"青天大老爷"们却常常用着"以华制华"的方法的。

例如罢,他们所深恶的反帝国主义的"犯人",他们自己倒是不做恶人的,只是松松爽爽的送给华人,叫你自己去杀去。他们所痛恨的腹地的"共匪",他们自己是并不明白表示意见的,只将飞机炸弹卖给华人,叫你自己去炸去。对付下等华人的有黄帝子孙的巡捕和西崽,对付智识阶级的有"高等华人"的学者和博士。

我们自夸了许多日子的"大刀队"[3],好像是无法制伏的了,然而四月十五日的《××报》上,有一个用头号字印的《我斩敌二百》的题目。粗粗一看,是要令人觉得胜利的,但我们再来看一看本文罢——

"(本报今日北平电)昨日喜峰口右翼,仍在滦阳城以东各地,演争夺战。敌出现大刀队千名,系新开到者,与我大刀队对抗。其刀特长,敌使用不灵活。我军挥刀砍抹,敌招架不及,连刀带臂,被我砍落者纵横满地,我军伤亡亦达二百余。……"

那么,这其实是"敌斩我军二百"了,中国的文字,真是像"国步"[4]一样,正在一天一天的艰难起来。但我要指出来的却并不在此。

我要指出来的是"大刀队"乃中国人自夸已久的特长,日本人虽有击剑,大刀却非素习。现在可是"出现"了,这不必迟疑,就可决定是满洲的军队。满洲从明末以来,每年即大有直隶山东人迁居,数代之后,成为土著,则虽是满洲军队,而大多数实为华人,也决无疑义。现在已经各用了特长的大刀,在滦东相杀起来,一面是"连刀带臂,纵横满地",一面是"伤亡亦达二百余",开演了极显著的"以华制华"的一幕了。

至于中国的所谓手段,由我看来,有是也应该说有的,但决非"以夷制夷",倒是想"以夷制华"。然而"夷"又那有这么愚笨呢,却先来一套"以华制华"给你看。

这例子常见于中国的历史上,后来的史官为新朝作颂,称此辈的行为曰:"为王前驱"[5]!


近来的战报是极可诧异的,如同日同报记冷口失守云:"十日以后,冷口方面之战,非常激烈,华军……顽强抵抗,故继续未曾有之大激战",但由宫崎部队以十余兵士,作成人梯,前仆后继,"卒越过长城,因此宫崎部队牺牲二十三名之多云"。越过一个险要,而日军只死了二十三人，但已云"之多"，又称为"未曾有之大激战"，也未免有些费解。所以大刀队之战，也许并不如我所猜测。但既经写出，就姑且留下以备一说罢。

四月十七日。

【跳踉】：

"以华制华"　　　　李家作

报纸不可不看。在报上不但可以看到虔修功德如念念阿弥陀佛，选拔国士如征求飞檐走壁之类的"善"文，还可以随时长许多见识。譬如说杀人，以前只知道有斫头绞颈子，现在却知道还有吃人肉，而且还有"以夷制夷"，"以华制华"等等的分别。经明眼人一说，是越想越觉得不错的。

尤其是"以华制华"，那样的手段真是越想越觉得多的。原因是人太多了，华对华并不会亲热；而且为了自身的利害要坐大交椅，当然非解决别人不可。所以那"制"是，无论如何要"制"的。假如因为制人而能得到好处，或是因为制人而能讨得上头的欢心，那自然更其起劲。这心理，夷人就很善于利用，从侵略土地到卖卖肥皂，都是用的这"华人"善于"制华"的美点。然而，华人对华人，其实也很会利用这种方法，而且非常巧妙。双方不必明言，彼此心照，各得其所；旁人看来，不露痕迹。据说那被利用的人便是哈吧狗，即走狗。但细细甄别起来，倒并不只是哈吧狗一种,另外还有一种是警犬。

做哈吧狗与做警犬,当然都是"以华制华",但其中也不无分别。哈吧狗只能听主人吩咐,向仇人摇摇尾,狂吠几声。他知道他是什么样的身分。警犬则不然:老于世故者往往如此。他只认定自己是一个好汉,是一个权威,是一个执大义以绳天下者。在那门庭间的方寸之地上,只有他可以彷徨彷徨,呐喊呐喊。他的威风没有人敢冒犯,和哈吧狗比较起来,哈吧狗真是浅薄得可怜。但何以也是"以华制华"呢?那是因为虽然老于世故,也不免露出破绽。破绽是:他俨若嫉恶如仇,平时蹲在地上冷眼旁观,一看到有类乎"可杀"的情形时,就踪身向前,猛咬一口;可是,他决不是乱咬,他早已看得分明,凡在他寄身的地段上的(他当然不能不有一个寄身的地方),他决不伤害,有了也只当不看见,以免引起"不便"。他咬,是咬圈子外头的,尤其是,圈子外头最碍眼的仇人。这便是勇,这便是执大义,同时,既可显出自己的权威,又可博得主人底欢心:因为,他所咬的,往往会是他和他东家的共同的敌人。主人对于他所痛恨,自己是并不明白表示意见的,只给你一些供养和地位,叫你自己去咬去。因此有接二连三的奋勇,和吹毛求疵的找机会。旁观者不免有点不明白,觉得这仇太深,却不知道这正是老于世故者的做人之道,所谓向恶社会"搏战""周旋"是也。那样的用心,真是很苦!

所可哀者,为了要挣扎在替天行道的大旗之下,竟然不惜受员外府君之类的供奉,把那旗子斜插在庄院的门楼边,暂且作个"江湖一应水碗不得骚扰"的招贴纸儿。也可见得做中国人的不容易,和"以华制华"的效劳,虽贤者亦不免焉。

——二二,四,二一。

四月二十二日,《大晚报》副刊《火炬》。

【摇摆】:

过 而 能 改　　傅红蓼

孔老夫子,在从前教训着那么许多门生说:"过而能改,善莫大焉!"意思是错误人人都有,只要能够回头。我觉得孔老夫子这句话尚有未尽意处,譬如说:"过而能改,善莫大焉"之后,再加上一句:"知过不改,罪孽深重",那便觉得天衣无缝了。

譬如说现在前线打得落花流水的时候,而有人觉得这种为国牺牲是残酷,是无聊,便主张不要打,而且更主张不要讲和,只说索性藏起头来,等个五十年。俗谚常有"十年生聚,十年教训",看起来五十年的教训,大概什么都够了。凡事有了错误,才有教训,可见中国人尚还有些救药,国事弄得乌烟瘴气到如此,居然大家都恍然大觉大悟自己内部组织的三大不健全,更而发现武器的不充足。眼前须要几十个年头,来作准备。言至此,吾人对于热河一直到滦东的失守,似乎应当有些感到失得不大冤枉。因为吾党(借用)建基以至于今日,由军事而至于宪政,尚还没有人肯认过错,则现在失掉几个国土,使一些负有自信天才的国家栋梁学贯中西的名儒,居然都肯认错,所谓"过而能改,善莫大焉",塞翁失马,又安知非福的聊以自慰,也只得闭着眼睛喊两声了,不过假使今后"知过尚不能改,罪孽的深重",比写在讣文上,大概也更要来得使人注目了。

譬如再说,四月二十二日本刊上李家作的"以华制华"里说的警犬。警犬咬人,是蹲在地上冷眼傍观,等到有可杀的时候,便一跃上前,猛咬一口,不过,有的时候那警犬被人们提起棍子,向着当头一棒,也会把专门咬人的警犬,打得藏起头来,伸出舌头在暗地里发急。这种发急,大概便又是所谓"过"了。因为警犬虽然野性,但有时被棍子当头一击,也会被打出自己的错误来的,于是"过而能改"的警犬,在暗地里发急时,自又便会想忏悔,假使是不大晓得改过的警犬,在暗地发急之余,还想乘机再试,这种犬,大概是"罪孽深重"的了。

中国人只晓得说过而能改,善莫大焉,可惜都忘记了底下那一句。

四月二十六日,《大晚报》副刊《火炬》。


【只要几句】:

案　语　　　家　干

以上两篇,是一星期之内,登在《大晚报》附刊《火炬》上的文章,为了我的那篇《"以夷制夷"》而发的,揭开了"以华制华"的黑幕,他们竟有如此的深恶痛嫉,莫非真是太伤了此辈的心么?

但是,不尽然的。大半倒因为我引以为例的《××报》其实是《大晚报》,所以使他们有这样的跳踉和摇摆。然而无论怎样的跳踉和摇摆,所引的记事具在,旧的《大晚报》也具在,终究挣不脱这一个本已扣得紧紧的笼头。

此外也无须多话了,只要转载了这两篇,就已经由他们自己十足的说明了《火炬》的光明,露出了他们真实的嘴脸。

七月十九日。

\* \* \*

〔1〕 本篇最初发表于1933年4月21日《申报·自由谈》,署名何家干。

〔2〕 "以夷制夷" 我国历代封建统治者对待国内少数民族常用的策略,即让某些少数民族同另一些少数民族冲突,以此来削弱并制服他们。《明史·张祐传》:"以夷治夷,可不烦兵而下。"鸦片战争后,清政府对外也曾采用这种策略,企图利用某些外国力量来牵制另一些外国,借以保护自己,但这种对外策略都遭失败。

〔3〕 "大刀队" 指宋哲元所部第二十九军的大刀队,1933年3月日军进攻喜峰口时,该部大刀队曾与日军反复争夺、激战。

〔4〕 "国步" 语出《诗经·大雅·桑柔》:"於乎有哀,国步斯频。"国步,国家前途和发展的意思。

〔5〕 "为王前驱" 语出《诗经·卫风·伯兮》:"伯兮朅兮,邦之桀兮。伯也执殳,为王前驱。"为周王室征战充当先锋的意思。

# 言论自由的界限[1]

看《红楼梦》[2]，觉得贾府上是言论颇不自由的地方。焦大以奴才的身分，仗着酒醉，从主子骂起，直到别的一切奴才，说只有两个石狮子干净。结果怎样呢？结果是主子深恶，奴才痛嫉，给他塞了一嘴马粪。

其实是，焦大的骂，并非要打倒贾府，倒是要贾府好，不过说主奴如此，贾府就要弄不下去罢了。然而得到的报酬是马粪。所以这焦大，实在是贾府的屈原[3]，假使他能做文章，我想，恐怕也会有一篇《离骚》之类。

三年前的新月社[4]诸君子，不幸和焦大有了相类的境遇。他们引经据典，对于党国有了一点微词，虽然引的大抵是英国经典，但何尝有丝毫不利于党国的恶意，不过："老爷，人家的衣服多么干净，您老人家的可有些儿脏，应该洗它一洗"罢了。不料"荃不察余之中情兮"[5]，来了一嘴的马粪：国报同声致讨，连《新月》杂志也遭殃。但新月社究竟是文人学士的团体，这时就也来了一大堆引据三民主义，辨明心迹的"离骚经"。现在好了，吐出马粪，换塞甜头，有的顾问，有的教授，有的秘书，有的大学院长，言论自由，《新月》也满是所谓"为文艺的文艺"了。

这就是文人学士究竟比不识字的奴才聪明，党国究竟比贾府高明,现在究竟比乾隆时候光明:三明主义。

然而竟还有人在嚷着要求言论自由。世界上没有这许多甜头,我想,该是明白的罢,这误解,大约是在没有悟到现在的言论自由,只以能够表示主人的宽宏大度的说些"老爷,你的衣服……"为限,而还想说开去。

这是断乎不行的。前一种,是和《新月》受难时代不同,现在好像已有的了,这《自由谈》也就是一个证据,虽然有时还有几位拿着马粪,前来探头探脑的英雄。至于想说开去,那就足以破坏言论自由的保障。要知道现在虽比先前光明,但也比先前利害,一说开去,是连性命都要送掉的。即使有了言论自由的明令,也千万大意不得。这我是亲眼见过好几回的,非"卖老"也,不自觉其做奴才之君子,幸想一想而垂鉴焉。

四月十七日。

※　　※　　※

〔1〕 本篇最初发表于1933年4月22日《申报·自由谈》,署名何家干。

〔2〕《红楼梦》 长篇小说。清代曹雪芹著。通行本为一百二十回,后四十回一般认为是高鹗续作。焦大是小说中贾家的一个忠实的老仆,他酒醉骂人被塞马粪事见该书第七回。只有两个石狮子干净的话,见第六十六回,系另一人物柳湘莲所说。

〔3〕 屈原(约前340—约前278) 名平,字原,又字灵均,楚国郢(在今湖北江陵)人,战国后期楚国诗人。楚怀王时官至左徒,由于他的政治主张不见容于贵族集团而屡遭迫害,后被顷襄王放逐到沅、湘流

域,愤而作长诗《离骚》,以抒发其愤激心情和追求理想的决心。

〔4〕 新月社　文学和政治性团体,约于1923年3月在北京成立,主要成员有胡适、徐志摩、陈源、梁实秋、罗隆基等。该社取名于印度诗人泰戈尔的《新月集》,曾以诗社名义于1926年夏在北京《晨报副刊》出过《诗刊》(周刊)。1927年在上海创办新月书店,1928年3月出版综合性的《新月》月刊。1929年他们曾在《新月》上发表谈人权、约法等问题的文章,批评国民党"独裁",引证英、美各国法规,提出解决中国政治问题的意见。但文章发表后,国民党报刊纷纷著文攻击,说他们"言论实属反动",国民党中央议决由教育部对胡适加以"警诫",《新月》月刊第二卷第四期曾遭扣留。他们继而研读"国民党的经典",著文引据"党义"以辨明心迹,终于得到蒋介石的赏识。

〔5〕 "荃不察余之中情兮"　语出屈原《离骚》:"荃不察余之中情兮,反信谗而齌怒。"

# 大观园的人才[1]

早些年,大观园里的压轴戏是刘老老骂山门。[2]那是要老旦出场的,老气横秋地大"放"一通,直到裤子后穿[3]而后止。当时指着手无寸铁或者已被缴械的人大喊"杀,杀,杀!"[4]那呼声是多么雄壮。所以它——男角扮的老婆子,也可以算得一个人才。

而今时世大不同了,手里拿刀,而嘴里却需要"自由,自由,自由","开放××"[5]云云。压轴戏要换了。

于是人才辈出,各有巧妙不同,出场的不是老旦,却是花旦了,而且这不是平常的花旦,而是海派戏广告上所说的"玩笑旦"。这是一种特殊的人物,他(她)要会媚笑,又要会撒泼,要会打情骂俏,又要会油腔滑调。总之,这是花旦而兼小丑的角色。不知道是时世造英雄(说"美人"要妥当些),还是美人儿多年阅历的结果?

美人儿而说"多年",自然是阅人多矣的徐娘[6]了,她早已从窑姐儿升任了老鸨婆;然而她丰韵犹存,虽在卖人,还兼自卖。自卖容易,而卖人就难些。现在不但有手无寸铁的人,而且有了……况且又遇见了太露骨的强奸。要会应付这种非常之变,就非有非常之才不可。你想想:现在的压轴戏是要似战似和,又战又和,不降不守,亦降亦守![7]这是多么难做的戏。没有半推半就假作娇痴的手段是做不好的。孟夫子说,"以天下与人易。"[8]其实,能够简单地双手捧着"天下"去"与人",倒也不为难了。问题就在于不能如此。所以要一把眼泪一把鼻涕,哭哭啼啼,而又刁声浪气的诉苦说:我不入火坑[9],谁入火坑。

然而娼妓说她自己落在火坑里,还是想人家去救她出来;而老鸨婆哭火坑,却未必有人相信她,何况她已经申明:她是敞开了怀抱,准备把一切人都拖进火坑的。虽然,这新鲜压轴戏的玩笑却开得不差,不是非常之才,就是挖空了心思也想不出的。

老旦进场,玩笑旦出场,大观园的人才着实不少!

四月二十四日。

\* \* \*

〔1〕 本篇最初发表于1933年4月26日《申报·自由谈》,署名干。

〔2〕 大观园 《红楼梦》中贾府的花园,这里比喻国民党政府。刘老老是《红楼梦》中的人物,这里指国民党中以"元老"自居的吴稚晖(他曾被人称作"吴老老")。吴稚晖,参看本书第130页注〔2〕。

〔3〕 大"放"一通 吴稚晖的言论中,常出现"放屁"一类字眼,如他在《弱者之结语》中说:"总而言之,统而言之,止能提提案,放放屁,……我今天再放这一次,把肚子泻空了,就告完结。"裤子后穿,是章太炎在《再复吴敬恒书》中痛斥吴稚晖的话:"善箝而口,勿令舐痈;善补而裤,勿令后穿。"(载1908年《民报》二十二号)

〔4〕 指1927年4月,吴稚晖充当蒋介石"清党"的帮凶,叫嚣"打倒"、"严办"共产党人和革命群众。

〔5〕 "开放××" 原稿作"开放政权"。1933年2月23日国民党中央常务会议通过《国民参政会组织法》,一些政府官员鼓吹为"开放政权"。

〔6〕 徐娘 《南史·后妃传》有关于梁元帝妃徐昭佩的记载:"徐娘虽老,犹尚多情。"后来因有"徐娘半老,风韵犹存"的成语。这里是指汪精卫。

〔7〕 "似战似和"等语,是讽刺汪精卫等人。1933年4月14日汪精卫在上海答记者问时曾说:"国难如此严重,言战则有丧师失地之虞,言和则有丧权辱国之虞,言不和不战则两俱可虞。"

〔8〕 "以天下与人易" 语出《孟子·滕文公(上)》:"以天下与人易,为天下得人难。"

〔9〕 入火坑 汪精卫1933年4月14日在上海答记者问时曾说:"现时置身南京政府中人,其中心焦灼,无异投身火坑一样。我们抱着共赴国难的决心,涌身跳入火坑,同时……,竭诚招邀同志们一齐跳入火坑。"

# 文章与题目[1]

一个题目，做来做去，文章是要做完的，如果再要出新花样，那就使人会觉得不是人话。然而只要一步一步的做下去，每天又有帮闲的敲边鼓，给人们听惯了，就不但做得出，而且也行得通。

譬如近来最主要的题目，是"安内与攘外"[2]罢，做的也着实不少了。有说安内必先攘外的，有说安内同时攘外的，有说不攘外无以安内的，有说攘外即所以安内的，有说安内即所以攘外的，有说安内急于攘外的。

做到这里，文章似乎已经无可翻腾了，看起来，大约总可以算是做到了绝顶。

所以再要出新花样，就使人会觉得不是人话，用现在最流行的谥法来说，就是大有"汉奸"的嫌疑。为什么呢？就因为新花样的文章，只剩了"安内而不必攘外"，"不如迎外以安内"，"外就是内，本无可攘"这三种了。

这三种意思，做起文章来，虽然实在希奇，但事实却有的，而且不必远征晋宋，只要看看明朝就够。满洲人早在窥伺了，国内却是草菅民命，杀戮清流[3]，做了第一种。李自成[4]进北京了，阔人们不甘给奴子做皇帝，索性请"大清兵"来打掉他，做了第二种。至于第三种，我没有看过《清史》[5]，不得而知,但据老例,则应说是爱新觉罗[6]氏之先,原是轩辕[7]黄帝第几子之苗裔,遯于朔方,厚泽深仁,遂有天下,总而言之,咱们原是一家子云。

后来的史论家,自然是力斥其非的,就是现在的名人,也正痛恨流寇。但这是后来和现在的话,当时可不然,鹰犬塞途,干儿当道,魏忠贤[8]不是活着就配享了孔庙么?他们那种办法,那时都有人来说得头头是道的。

前清末年,满人出死力以镇压革命,有"宁赠友邦,不给家奴"[9]的口号,汉人一知道,更恨得切齿。其实汉人何尝不如此?吴三桂[10]之请清兵入关,便是一想到自身的利害,即"人同此心"的实例了。……

四月二十九日。

附记:

原题是《安内与攘外》。

五月五日。

\* \* \*

〔1〕 本篇最初发表于1933年5月5日《申报·自由谈》,署名何家干。

〔2〕 "安内与攘外" 1931年11月30日蒋介石在国民党外长顾维钧宣誓就职会的"亲书训词"中,提出"攘外必先安内"的方针。1933年4月10日,蒋介石在南昌对国民党将领演讲时,又提出:"抗日必先剿共,安内始能攘外,在匪未剿清前,绝对不准言抗日,违者即予严厉处罚。"这时一些报刊也纷纷发表谈"安内攘外"问题的文章。

〔3〕 草菅民命,杀戮清流　指明末天启年间熹宗任用宦官魏忠贤等,通过特务机构东厂、锦衣卫、镇抚司残酷压榨和杀戮人民;魏忠贤的阉党把大批反对他们的正直的士大夫,如东林党人,编成"天鉴录"、"点将录"等名册,按名杀害。这时,在我国东北统一了满族各部的努尔哈赤(即清太祖),已于明万历四十四年(1616)登可汗位,正率军攻明。

〔4〕 李自成(1606—1645)　陕西米脂人,明末农民起义领袖。崇祯二年(1629)起义。崇祯十七年一月在西安称帝,国号大顺,同年三月攻克北京,推翻明朝。后镇守山海关的明将吴三桂引清兵入关,镇压起义军;李自成兵败退出北京,清顺治二年(1645)九月在湖北通山县九宫山被地主武装所害。

〔5〕 《清史》　民国成立后,于1914年开始编纂《清史》,由赵尔巽主编,至1927年大体完成。编纂者多为前清旧人,在论述中常与民国立场不合,编纂体例及某些史实记载也时有不妥,当时只少量印行。因未正式定稿,改称《清史稿》。

〔6〕 爱新觉罗　清朝皇室的姓。满语称金为"爱新",族为"觉罗"。

〔7〕 轩辕　传说中汉民族的始祖。《史记·五帝本纪》:"黄帝者,少典之子,姓公孙,名曰轩辕。"

〔8〕 魏忠贤(1568—1627)　河间肃宁(今属河北)人,明末天启时专权的宦官。官至司礼秉笔太监,曾掌管特务机关东厂,凶残跋扈,杀人甚多。当时,趋炎附势之徒对他竞相谄媚,《明史·魏忠贤传》记载:"群小益求媚","相率归忠贤,称义儿","监生陆万龄至请以忠贤配孔子。"

〔9〕 "宁赠友邦,不给家奴"　这是刚毅的话。刚毅(1834—1900),满洲镶蓝旗人。清朝王公大臣中的顽固分子,曾任军机大臣等

127

职；在清末维新变法运动时期，他常对人说："我家之产业，宁可以赠之于朋友，而必不畀诸家奴。"（见梁启超《戊戌政变记》卷四）他所说的朋友，指帝国主义国家。

〔10〕 吴三桂（1612—1678） 明代高邮（今属江苏）人。崇祯时任辽东总兵，驻防山海关。崇祯十七年（1644）李自成攻克北京后，他引清兵入关，受封为平西王。

# 新　　药[1]

　　说起来就记得,诚然,自从九一八以后,再没有听到吴稚老[2]的妙语了,相传是生了病。现在刚从南昌专电中,飞出一点声音来[3],却连改头换面的,也是自从九一八以后,就再没有一丝声息的民族主义文学者们,也来加以冷冷的讪笑。

　　为什么呢？为了九一八。

　　想起来就记得,吴稚老的笔和舌,是尽过很大的任务的,清末的时候,五四的时候,北伐的时候,清党的时候,清党以后的还是闹不清白的时候。然而他现在一开口,却连躲躲闪闪的人物儿也来冷笑了。九一八以来的飞机,真也炸着了这党国的元老吴先生,或者是,炸大了一些躲躲闪闪的人物儿的小胆子。

　　九一八以后,情形就有这么不同了。

　　旧书里有过这么一个寓言,某朝某帝的时候,宫女们多数生了病,总是医不好。最后来了一个名医,开出神方道:壮汉若干名。皇帝没有法,只得照他办。若干天之后,自去察看时,宫女们果然个个神采焕发了,却另有许多瘦得不像人样的男人,拜伏在地上。皇帝吃了一惊,问这是什么呢？宫女们就嗫嚅的答道:是药渣[4]。

　　照前几天报上的情形看起来,吴先生仿佛就如药渣一样,也许连狗子都要加以践踏了。然而他是聪明的,又很恬淡,决不至于不顾自己,给人家熬尽了汁水。不过因为九一八以后,情形已经不同,要有一种新药出卖是真的,对于他的冷笑,其实也就是新药的作用。

这种新药的性味,是要很激烈,而和平。譬之文章,则须先讲烈士的殉国,再叙美人的殉情;一面赞希特勒的组阁,一面颂苏联的成功;军歌唱后,来了恋歌;道德谈完,就讲妓院;因国耻日而悲杨柳,逢五一节而忆蔷薇;攻击主人的敌手,也似乎不满于它自己的主人……总而言之,先前所用的是单方,此后出卖的却是复药了。

复药虽然好像万应,但也常无一效的,医不好病,即毒不死人。不过对于误服这药的病人,却能够使他不再寻求良药,拖重了病症而至于胡里胡涂的死亡。

四月二十九日。

\* \* \*

〔1〕 本篇最初发表于1933年5月7日《申报·自由谈》,署名丁萌。

〔2〕 吴稚老 指吴稚晖(1865—1953),名敬恒,江苏武进人。早年留学日本、英国。1905年参加同盟会。曾出卖过章太炎、邹容。1924年后,历任国民党中央监察委员、中央执行委员会常委、中央政治会委员等职。1927年春他向国民党中央提出《纠察共产党员谋叛党国案》、《请查办共产分子谋叛案》,是蒋介石"清党"、屠杀共产党人的帮凶。

〔3〕 指吴稚晖在南昌对新闻界的谈话,见1933年4月29日《申报》"南昌专电":"吴稚晖谈,暴日侵华,为全国预定计划,不因我退让而软化,或抵抗而强硬,我惟不计生死,拚死抵抗。"由于国民党政府实行不抵抗政策,此时正酝酿派亲日分子黄郛北上,与进犯华北的日本侵略者妥协,因此《大晚报》"星期谈屑"曾载《吴稚晖抗日》一文,对吴的谈话加以嘲笑,文中说:"自九一八以后,一二八以后,我们久已不闻吴稚晖先生的解颐快论了,最近,申报的南昌电,记着吴老先生的一段谈话","便是吴老先生的一张嘴巴,也是无从可以救国了","吴老先生的解颐快论",只不过是"'皓首匹夫'的随便谈谈而已!"

〔4〕 药渣　见清代褚人获《坚瓠丙集·药渣》:"明吾郡陆天池博学能文,精于音律。有寓言曰:某帝时,宫人多怀春疾,医者曰:'须敕数十少年药之。'帝如言。后数日,宫人皆颜舒体胖,拜帝曰:'赐药疾愈,谨谢恩!'诸少年俯伏于后,枯瘠蹒跚,无复人状。帝问是何物?对曰:'药渣!'"

## "多难之月"[1]

前月底的报章上,多说五月是"多难之月"。这名目,以前是没有见过的。现在这"多难之月"已经临头了。从经过了的日子来想一想,不错,五一是"劳动节",可以说很有些"多难";五三是济南惨案[2]纪念日,也当然属于"多难"之一的。但五四是新文化运动的发扬,五五是革命政府成立[3]的佳日,为什么都包括在"难"字堆里的呢?这可真有点儿希奇古怪!

不过只要将这"难"字,不作国民"受难"的"难"字解,而作令人"为难"的"难"字解,则一切困难,可就涣然冰释了。

时势也真改变得飞快,古之佳节,后来自不免化为难关。先前的开会,是听大众在空地上开的,现在却要防人"乘机捣乱"了,所以只得函请代表,齐集洋楼,还要由军警维持秩序。[4]先前的要人,虽然出来要"清道"(俗名"净街"),但还是走在地上的,现在却更要防人"谋为不轨"了,必得坐着飞机,须到出洋的时候,才能放心送给朋友。[5]名人逛一趟古董店,先前也不算奇事情的,现在却"微服"[6]"微服"的嚷得人耳聋,只好或登名山,或入古庙,比较的免掉大惊小怪。总而言之,可靠的国之柱石,已经多在半空中,最低限度也上了高楼峻岭了,地上就只留着些可疑的百姓,实做了"下民",且又民匪难分,一有庆吊,总不免"假名滋扰"。向来虽靠"华洋两方当局,先事严防",没有闹过什么大乱子,然而总比平时费力的,这就令人为难,而五月也成了"多难之月",纪念的是好是坏,日子的为戚为喜,都不在话下。

但愿世界上大事件不要增加起来;但愿中国里惨案不要再有;但愿也不再有什么政府成立;但愿也不再有伟人的生日和忌日增添。否则,日积月累,不久就会成个"多难之年",不但华洋当局,老是为难,连我们走在地面上的小百姓,也只好永远身带"嫌疑",奉陪戒严,呜呼哀哉,不能喘气了。

五月五日。

\* \* \*

〔1〕 本篇最初发表于1933年5月8日《申报·自由谈》,署名丁萌。

〔2〕 济南惨案 指1928年5月3日,日本帝国主义派兵侵占济南,打死打伤中国军民五千余人的五三惨案。

〔3〕 革命政府成立 指1921年孙中山为对抗北京的北洋军阀政府,取消了原广州军政府,于5月5日在广州正式成立中华民国政府,并就任非常大总统。

〔4〕 1933年5月5日,国民党上海市党部举行"革命政府成立十二周年纪念"大会,事前通知各界"于是日上午九时,在本党部三楼大礼堂,召集各界代表举行纪念大会",并规定纪念办法九条,末条是"函请警备司令部暨市公安局,严防反动分子,乘机捣乱;并酌派军警若干,维持会场秩序"。

〔5〕 要人送飞机给朋友的事,指张学良在1933年2月将一架自

备的福特机送给宋子文,又在4月辞职出国时,将另一架福特机送给蒋介石。

〔6〕 旧时"要人"在外出时,改换常服以免被人认识,叫做"微服"。1933年4月4日,国民党政府主席林森到南京夫子庙文物店购买古玩,报纸纷纷宣传,次日《申报》"南京专电"说:"林主席今日微服到旧书店购古籍数本,骨董数件。"

# 不负责任的坦克车[1]

新近报上说,江西人第一次看了坦克车。自然,江西人的眼福很好。然而也有人惴惴然,唯恐又要掏腰包,报效坦克捐。我倒记起了另外一件事:

有一个自称姓"张"的[2]说过,"我是拥护言论不自由者……唯其言论不自由,才有好文章做出来,所谓冷嘲,讽刺,幽默和其他形形色色,不敢负言论责任的文体,在压迫钳制之下,都应运产生出来了。"这所谓不负责任的文体,不知道比坦克车怎样?

讽刺等类为什么是不负责任,我可不知道。然而听人议论"风凉话"怎么不行,"冷箭"怎么射死了天才,倒也多年了。既然多年,似乎就很有道理。大致是骂人不敢充好汉,胆小。其实,躲在厚厚的铁板——坦克车里面,砰砰碰碰的轰炸,是着实痛快得多,虽然也似乎并不胆大。

高等人向来就善于躲在厚厚的东西后面来杀人的。古时候有厚厚的城墙,为的要防备盗匪和流寇。现在就有钢马甲,铁甲车,坦克车。就是保障"民国"和私产的法律,也总是厚厚的一大本。甚至于自天子以至卿大夫的棺材,也比庶民的要厚些。至于脸皮的厚,也是合于古礼的。

独有下等人要这么自卫一下,就要受到"不负责任"等类的嘲笑：

"你敢出来！出来！躲在背后说风凉话不算好汉！"

但是，如果你上了他的当，真的赤膊奔上前阵，像许褚[3]似的充好汉，那他那边立刻就会给你一枪，老实不客气，然后，再学着金圣叹批《三国演义》[4]的笔法，骂一声"谁叫你赤膊的"——活该。总之，死活都有罪。足见做人实在很难，而做坦克车要容易得多。

五月六日。

※　　※　　※

〔1〕 本篇最初发表于1933年5月9日《申报·自由谈》，署名何家干。

〔2〕 自称姓"张"的　指张若谷。参看本书第87页注〔2〕。这段话见于他在1933年3月3日《大晚报·辣椒与橄榄》上发表的《拥护》一文。

〔3〕 许褚　三国时曹操部下名将。他赤膊上阵的故事见小说《三国演义》第五十九回《许褚裸衣斗马超》。

〔4〕 金圣叹批《三国演义》　金圣叹(1608—1661)，吴县(今属江苏)人，明末清初文人。他曾批注《水浒》、《西厢记》等书，把所加的序文、读法和评语等称为"圣叹外书"。《三国演义》是元末明初罗贯中所著，后经清代毛宗岗改编，卷首有假托金圣叹所作的序，并有"圣叹外书"字样，每回前均附加评语，通常就都将这评语认为金圣叹所作。

# 从盛宣怀说到有理的压迫[1]

盛氏的祖宗积德很厚,他们的子孙就举行了两次"收复失地"的盛典:一次还是在袁世凯的民国政府治下,一次就在当今国民政府治下了。

民元的时候,说盛宣怀[2]是第一名的卖国贼,将他的家产没收了。不久,似乎是二次革命之后,就发还了。那是没有什么奇怪的,因为袁世凯是"物伤其类",他自己也是卖国贼。不是年年都在纪念五七和五九[3]么?袁世凯签订过二十一条,卖国是有真凭实据的。

最近又在报上发见这么一段消息,大致是说:"盛氏家产早已奉命归还,如苏州之留园,江阴无锡之典当等,正在办理发还手续。"这却叫我吃了一惊。打听起来,说是民国十六年国民革命军初到沪宁的时候,又没收了一次盛氏家产:那次的罪名大概是"土豪劣绅",绅而至于"劣",再加上卖国的旧罪,自然又该没收了。可是为什么又发还了呢?

第一,不应当疑心现在有卖国贼,因为并无真凭实据——现在的人早就誓不签订辱国条约[4],他们不比盛宣怀和袁世凯。第二,现在正在募航空捐[5],足见政府财政并不宽裕。那末,为什么呢?

学理上研究的结果是——压迫本来有两种:一种是有理

的,而且永久有理的,一种是无理的。有理的,就像逼小百姓还高利贷,交田租之类;这种压迫的"理"写在布告上:"借债还钱本中外所同之定理,租田纳税乃千古不易之成规。"无理的,就是没收盛宣怀的家产等等了;这种"压迫"巨绅的手法,在当时也许有理,现在早已变成无理的了。

初初看见报上登载的《五一告工友书》[6]上说:"反抗本国资本家无理的压迫",我也是吃了一惊的。这不是提倡阶级斗争么?后来想想也就明白了。这是说,无理的压迫要反对,有理的不在此例。至于怎样有理,看下去就懂得了,下文是说:"必须克苦耐劳,加紧生产……尤应共体时艰,力谋劳资间之真诚合作,消弭劳资间之一切纠纷。"还有说"中国工人没有外国工人那么苦"[7]等等的。

我心上想,幸而没有大惊小怪地叫起来,天下的事情总是有道理的,一切压迫也是如此。何况对付盛宣怀等的理由虽然很少,而对付工人总不会没有的。

五月六日。

\*　　　\*　　　\*

〔1〕 本篇最初发表于1933年5月10日《申报·自由谈》,署名丁萌。

〔2〕 盛宣怀(1844—1916) 字杏荪,江苏武进人,清末大官僚资本家。曾经办轮船招商局、电报局、上海机器织布局、汉冶萍公司等,是当时中国有数的富豪。1911年任邮传部大臣,曾向帝国主义出卖中国铁路和矿山等权利,滥借外债,以支持清朝政府垂危的统治。辛亥革命

后,他的财产曾两次被查封,第一次是民国初年,但随即于1912年12月由当时江苏都督程德全下令发还。第二次在1928、1929年间,国民党政府行政院命令苏州、常州、杭州、无锡、江阴、常熟等地县政府全部查封盛氏产业,1933年4月又命令清理发还。

〔3〕 五七和五九 1915年1月18日,日本政府向袁世凯政府提出企图变中国为其独占殖民地的"二十一条"要求,并在5月7日发出最后通牒,限在四十八小时内作出"满足之答复"。袁世凯政府不顾国人反对,于5月9日悍然接受丧权辱国的"二十一条"。后舆论界曾以每年5月7日和9日为国耻纪念日。

〔4〕 誓不签订辱国条约 1931年9月29日蒋介石在接见各地来南京请愿学生代表时说:"国民政府决非军阀时代之卖国政府,……决不签订任何辱国丧权条约";1932年4月4日行政院长汪精卫在上海发表谈话时也说:"国民政府坚决不肯签字于丧权辱国条约。"

〔5〕 航空捐 参看本书第17页注〔3〕。

〔6〕 《五一告工友书》 指国民党操纵的上海市总工会于1933年五一节发的《告全市工友书》。

〔7〕 在1933年国民党主持的上海五一节纪念会上,所谓上海市总工会代表李永祥曾说:"中国资本主义之势力,尚极幼稚,中国工人,目前所受资本家之压迫,当不如当时欧美工人所受压迫之严重。"

# 王　化[1]

中国的王化现在真是"光被四表格于上下"[2]的了。

溥仪的弟媳妇跟着一位厨司务,卷了三万多元逃走了。[3]于是中国的法庭把她缉获归案,判定"交还夫家管束"。满洲国虽然"伪",夫权是不"伪"的。

新疆的回民闹乱子[4],于是派出宣慰使。

蒙古的王公流离失所了,于是特别组织"蒙古王公救济委员会"[5]。

对于西藏的怀柔[6],是请班禅喇嘛诵经念咒。

而最宽仁的王化政策,要算广西对付瑶民的办法[7]。据《大晚报》载,这种"宽仁政策"是在三万瑶民之中杀死三千人,派了三架飞机到瑶洞里去"下蛋",使他们"惊诧为天神天将而不战自降"。事后,还要挑选瑶民代表到外埠来观光,叫他们看看上国[8]的文化,例如马路上,红头阿三[9]的威武之类。

而红头阿三说的是:勿要哗啦哗啦!

这些久已归化的"夷狄",近来总是"哗啦哗啦",原因是都有些怨了。王化盛行的时候,"东面而征西夷怨,南面而征北狄怨。"[10]这原是当然的道理。

不过我们还是东奔西走,南征北剿,决不偷懒。虽然劳苦些,但"精神上的胜利"是属于我们的。

等到"伪"满的夫权保障了,蒙古的王公救济了,喇嘛的经咒念完了,回民真的安慰了,瑶民"不战自降"了,还有什么事可以做呢?自然只有修文德以服"远人"[11]的日本了。这时候,我们印度阿三式的责任算是尽到了。

呜呼,草野小民,生逢盛世,唯有遨听欢呼,闻风鼓舞而已![12]

五月七日。

这篇被新闻检查处抽掉了,没有登出。幸而既非瑶民,又居租界,得免于国货的飞机来"下蛋",然而"勿要哗啦哗啦"却是一律的,所以连"欢呼"也不许,——然则惟有一声不响,装死救国而已![13]

十五夜记。

\* \* \*

〔1〕 本篇最初投给《申报·自由谈》,被国民党新闻检查处查禁。后发表于1933年6月1日《论语》半月刊第十八期,署名何干。

〔2〕 "光被四表格于上下" 语出《尚书·尧典》,是记叙尧的功德的颂词,意思是遍及上下四方,无所不至。

〔3〕 1933年5月1日《申报》曾载"溥仪弟妇恋奸案"的新闻,说溥仪堂弟妇和厨工携款从长春逃到烟台,被烟台公安局发觉后,将厨工处徒刑一年,女方由夫家领回管束。

〔4〕 新疆的回民闹乱子 指1933年初新疆维吾尔族(当时报纸称"回民")的反抗行动。1931年4月,维族人曾因反抗新疆省主席

军阀金树仁的暴政,遭到残酷镇压。1933年初,维族人继续开展大规模的反抗行动,金树仁被迫弃守哈密等地,省会迪化(今乌鲁木齐)也遭包围;4月,金树仁垮台逃走,他的参谋长盛世才乘机攫取新疆的统治权。4月底,南京国民党政府宣布派参谋本部次长黄慕松为"宣慰使",前往处理此事。

〔5〕 "蒙古王公救济委员会" 九一八事变后,日本帝国主义侵占我国内蒙东部地区,国民党政府曾指令军事委员会北平分会拨款救济流落在北平等地的东蒙王公官民学生和逃来内蒙的原外蒙王公等,并于1933年4月在北平设立"蒙古救济委员会"。

〔6〕 对于西藏的怀柔 九一八事变前后,西藏的达赖喇嘛等亲英势力受英帝国主义唆使,在青海玉树、西康甘孜一带,不断挑起同地方军阀的武装冲突;1933年4月,他们曾企图以武力强渡金沙江进入当时西康的巴安,以实现所谓"康藏合一"的计划。国民党政府当时对此一筹莫展,曾竭力拉拢被达赖喇嘛赶出西藏的班禅喇嘛(当时班禅在南京设有办事处),举办祈祷法会,通过这种宗教形式的联系以示怀柔。

〔7〕 对付瑶民的办法 广西北部、湖南南部等地区,是少数民族瑶族的聚居地。国民党政府一贯实行大汉族政策,地方政府对瑶民的剥削侮辱尤为严重,因而激起瑶族人民的多次反抗。1933年2月,广西北部全县、灌阳等地瑶民,以打醮的迷信方式聚众起义,提出"杀财主佬,杀官兵"的口号,声势颇大。当时的广西省政府以一旅左右的兵力"进剿",并派飞机前往轰炸,瑶民伤亡甚重。事后,国民党当局又用"剿抚并施"的策略,"拟领导瑶民乡村长到全省各埠去参观"。

〔8〕 上国 春秋时称中原齐、晋等国为上国,是对吴、楚诸国而言。这里是讽刺国民党当局在少数民族面前以"上国"自居。

〔9〕 红头阿三 旧时上海对公共租界内印度巡捕的俗称。因

其服饰以红布裹头,衣袖缀有三道倒人字形标志,故称。

〔10〕 "东面而征西夷怨"二句,原出《尚书·仲虺之诰》:"东征西夷怨,南征北狄怨。"这里引用的是孟子的话,见《孟子》中的《梁惠王(下)》和《滕文公(下)》。原意是说,商汤行仁政,邻国百姓都盼望他早日征服自己的国家,晚被征的就不高兴。

〔11〕 "远人" 指异族人或外国人,见《论语·季氏》:"故远人不服,则修文德以来之。"

〔12〕 "草野小民"等四句,见孙中山1894年6月写的《上李鸿章书》。

〔13〕 这段附记,未随本文在《论语》刊出。

# 天 上 地 下[1]

中国现在有两种炸,一种是炸进去,一种是炸进来。

炸进去之一例曰:"日内除飞机往匪区轰炸外,无战事,三四两队,七日晨迄申,更番成队飞宜黄以西崇仁以南[2]掷百二十磅弹两三百枚,凡匪足资屏蔽处炸毁几平,使匪无从休养。……"(五月十日《申报》南昌专电)

炸进来之一例曰:"今晨六时,敌机炸蓟县,死民十余,又密云今遭敌轰四次[3],每次二架,投弹盈百,损害正详查中。……"(同日《大晚报》北平电)

应了这运会而生的,是上海小学生的买飞机,和北平小学生的挖地洞。[4]

这也是对于"非安内无以攘外"或"安内急于攘外"的题目,做出来的两股好文章。[5]

住在租界里的人们是有福的。但试闭目一想,想得广大一些,就会觉得内是官兵在天上,"共匪"和"匪化"了的百姓在地下,外是敌军在天上,没有"匪化"了的百姓在地下。"损害正详查中",而太平之区,却造起了宝塔[6]。释迦[7]出世,一手指天,一手指地曰:"天上地下,惟我独尊!"此之谓也。

但又试闭目一想,想得久远一些,可就遇着难题目了。假如炸进去慢,炸进来快,两种飞机遇着了,又怎么办呢?停止了"安内",回转头来"迎头痛击"呢,还是仍然只管自己炸进去,一任他跟着炸进来,一前一后,同炸"匪区",待到炸清了,然后再"攘"他们出去呢?……

不过这只是讲笑话,事实是决不会弄到这地步的。即使弄到这地步,也没有什么难解决:外洋养病,名山拜佛[8],这就完结了。

五月十六日。

记得末尾的三句,原稿是:"外洋养病,背脊生疮,名山上拜佛,小便里有糖,这就完结了。"

十九夜补记。

\* \* \*

〔1〕 本篇最初发表于1933年5月19日《申报·自由谈》,署名干。

〔2〕 宜黄、崇仁,江西省的县名。宜黄以西崇仁以南是当时中央苏区军民反"围剿"斗争的前沿地区。

〔3〕 蓟县、密云,当时为河北省的县名。蓟县今属天津,密云今属北京。1933年4月,日军进袭冀东滦河一带时,曾派机轰炸这些地方。

〔4〕 上海小学生的买飞机 1933年初,国民党政府举办航空救国飞机捐,上海市预定征募二百万元。至5月初仅得半数,遂发动全市童子军于12日起,在各交通要道及娱乐场所劝募购买"童子军号飞机"捐款三天。北平小学生的挖地洞,指1933年5月,北平各小学校长因日机时临上空,曾于11日派代表赴社会局要求各校每日上午停课,挖防空洞。

〔5〕 据手稿,这里还有下面一段:"买飞机,将以'安内'也,挖地洞,'无以攘外'也。因为'安内急于攘外',故还须买飞机,而'非安内无以攘外',故必得挖地洞。"

〔6〕 造起了宝塔  1933年,国民党政府考试院长戴季陶邀广东中山大学在南京的师生七十余人,合抄孙中山的著作,盛铜盒中,外镶石匣,在中山陵附近建筑宝塔收藏。

〔7〕 释迦  即释迦牟尼(约前565—前486),佛教创始人。《瑞应本起经》卷上有关于他出生的记载:"四月八日夜,明星出时,化从右胁生。堕地即行七步,举右手住而言曰:'天上天下,唯我为尊。'"(据三国时吴国支谦汉文译本)

〔8〕 外洋养病,名山拜佛  这是国民党政要因内讧下野或处境困难时惯用的脱身借口,如汪精卫曾以生背痈、患糖尿病等为由,"卧床休息"或"出国养病";黄郛退居莫干山"读书学佛";戴季陶自称信奉佛教,报上屡载他到南京附近的宝华山隆昌寺诵经拜佛的消息。

## 保　　留

　　这几天的报章告诉我们：新任政务整理委员会委员长黄郛[1]的专车一到天津，即有十七岁的青年刘庚生掷一炸弹，犯人当场捕获，据供系受日人指使，遂于次日绑赴新站外枭首示众[2]云。

　　清朝的变成民国，虽然已经二十二年，但宪法草案的民族民权两篇，日前这才草成，尚未颁布。上月杭州曾将西湖抢犯当众斩决，据说奔往赏鉴者有"万人空巷"之概[3]。可见这虽与"民权篇"第一项的"提高民族地位"稍有出入，却很合于"民族篇"第二项的"发扬民族精神"。南北统一，业已八年，天津也来挂一颗小小的头颅，以示全国一致，原也不必大惊小怪的。

　　其次，是中国虽说"惟女子与小人为难养也"[4]，但一有事故，除三老通电，二老宣言，九四老人题字[5]之外，总有许多"童子爱国"，"佳人从军"的美谈，使壮年男儿索然无色。我们的民族，好像往往是"小时了了，大未必佳"[6]，到得老年，才又脱尽暮气，据讣文，死的就更其了不得。则十七岁的少年而来投掷炸弹，也不是出于情理之外的。

　　但我要保留的，是"据供系受日人指使"这一节，因为这就是所谓卖国。二十年来，国难不息，而被大众公认为卖者，一向全是三十以上的人，虽然他们后来依然逍遥自在。至于少年和儿童，则拚命的使尽他们稚弱的心力和体力，携着竹筒或扑满[7]，奔走于风沙泥泞中，想于中国有些微的裨益者，真不知有若干次数了。虽然因为他们无先见之明，这些用汗血求来的金钱，大抵反以供虎狼的一舐，然而爱国之心是真诚的，卖国的事是向来没有的。

不料这一次却破例了，但我希望我们将加给他的罪名暂时保留，再来看一看事实，这事实不必待至三年，也不必待至五十年，在那挂着的头颅还未烂掉之前，就要明白了：谁是卖国者。[8]

从我们的儿童和少年的头颅上，洗去喷来的狗血罢！

五月十七日。

这一篇和以后的三篇，都没有能够登出。

七月十九日。

\* \* \*

〔1〕 黄郛（1880—1936） 浙江绍兴人。早年参加同盟会，曾任北洋政府外交总长等职。1928年任国民党政府外交部长，因媚外辱国，遭到各界的谴责，不久下台。1933年5月又被蒋介石起用，任行政院驻北平政务整理委员会委员长。

〔2〕 刘庚生"投弹"炸黄郛案，发生于1933年5月。这年4月，日军向滦东及长城沿线发动总攻，唐山、遵化、密云等地相继沦陷，平津形势危急。国民党政府为了向日本谋求妥协停战，于5月上旬任命黄郛为新设立的行政院驻北平政务整理委员会委员长；15日黄由南京北

上,17日晨专车刚进天津站台,即有人投掷炸弹。据报载,投弹者当即被捕,送第一军部审讯,名叫刘魁生(刘庚生是"路透电"的音译),年十七岁,山东曹州人,在陈家沟刘三粪厂作工。当天中午刘被诬为"受日人指使",在新站外枭首示众。事实上刘只是当时路过铁道,审讯时他坚不承认投弹。

〔3〕 西湖抢案,见1933年4月24日《申报》载新闻《西湖有盗》:"二十三日下午二时,西湖三潭印月有沪来游客骆王氏遇匪谭景轩,出手枪劫其金镯,女呼救,匪开枪,将事主击毙,得赃而逸。旋在苏堤为警捕获,讯供不讳,当晚押赴湖滨运动场斩决,观者万人。匪曾任四四军连长。"

〔4〕 "惟女子与小人为难养也" 语出《论语·阳货》:"子曰:'惟女子与小人为难养也,近之则不孙(逊),远之则怨。'"

〔5〕 三老通电 指马良、章炳麟、沈恩孚于1933年4月1日向全国通电,指斥国民党政府对日本侵略"阳示抵抗,阴作妥协"。二老宣言,指马良、章炳麟于1933年2月初发表的联合宣言,内容是依据历史证明东三省是中国领土。他们两人还在同年2月18日发表宣言,驳斥日本侵略者捏造的热河不属中国领土的谰言;4月下旬又联名通电,勖勉国人坚决抗日,收回失地。九四老人,即马良(1840—1939),字相伯,江苏丹徒人。当年虚龄九十四岁,他常自署"九四老人"为各界题字。

〔6〕 "小时了了,大未必佳" 语出《世说新语·言语》,是汉代陈韪戏谑孔融的话。

〔7〕 扑满 陶制的储钱罐。晋代葛洪《西京杂记》卷五:"扑满者,以土为器,以蓄钱。具有入窍,而无出窍,满则扑之。"

〔8〕 作者撰此文后十四天,即5月31日,黄郛就遵照蒋介石的

指示，派熊斌同日本关东军代表冈村宁次签订出卖国家利益的《塘沽协定》。根据这项协定，国民党政府实际上承认日本侵占长城及山海关以北的地区为合法，并把长城以南的察北、冀东的二十余县划为不设防地区，为日本帝国主义进军华北提供通道。

## 再谈保留

因为讲过刘庚生的罪名,就想到开口和动笔,在现在的中国,实在也很难的,要稳当,还是不响的好。要不然,就常不免反弄到自己的头上来。

举几个例在这里——

十二年前,鲁迅作的一篇《阿Q正传》,大约是想暴露国民的弱点的,虽然没有说明自己是否也包含在里面。然而到得今年,有几个人就用"阿Q"来称他自己[1]了,这就是现世的恶报。

八九年前,正人君子们办了一种报[2],说反对者是拿了卢布的,所以在学界捣乱。然而过了四五年,正人又是教授,君子化为主任[3],靠俄款[4]享福,听到停付,就要力争了。这虽然是现世的善报,但也总是弄到自己的头上来。

不过用笔的人,即使小心,也总不免略欠周到的。最近的例,则如各报章上,"敌"呀,"逆"呀,"伪"呀,"傀儡国"呀,用得沸反盈天。不这样写,实在也不足以表示其爱国,且将为读者所不满。谁料得到"某机关通知[5]:御侮要重实际,逆敌一类过度刺激字面,无裨实际,后宜屏用",而且黄委员长[6]抵平,发表政见,竟说是"中国和战皆处被动,办法难言,国难不止一端,亟谋最后挽救"(并见十八日《大晚报》北平电)的呢？……

　　幸而还好，报上果然只看见"日机威胁北平"之类的题目，没有"过度刺激字面"了，只是"汉奸"的字样却还有。日既非敌，汉何云奸，这似乎不能不说是一个大漏洞。好在汉人是不怕"过度刺激字面"的，就是砍下头来，挂在街头，给中外士女欣赏，也从来不会有人来说一句话。

　　这些处所，我们是知道说话之难的。

　　从清朝的文字狱[7]以后，文人不敢做野史了，如果有谁能忘了三百年前的恐怖，只要撷取报章，存其精英，就是一部不朽的大作。但自然，也不必神经过敏，预先改称为"上国"或"天机"的。

　　　　　　　　　　　　五月十七日。


※　　　※　　　※

　　〔1〕用"阿Q"来称他自己　1933年5月9日《社会新闻》刊登的粹公的《张资平挤出〈自由谈〉》一文中，称鲁迅为阿Q。参看本书《后记》。

　　〔2〕正人君子们办了一种报　指胡适、陈西滢等1924年12月在北京创办的《现代评论》周刊。陈西滢曾在该刊第七十四期（1926年5月8日）发表《闲话》一则，诬称进步人士是"直接或间接用苏俄金钱的人"。"正人君子"，是当时拥护北洋政府的北京《大同晚报》一篇报导中对现代评论派的称赞，见1925年8月7日该报。

　　〔3〕正人又是教授，君子化为主任　陈西滢曾任北京大学英文学系主任兼教授、武汉大学文学院院长兼教授。胡适曾任北京大学哲

学系教授,并于1931年任北京大学文学院院长。

〔4〕 俄款　俄国十月革命后,苏俄政府于1919年7月25日发表《告中国人民和南北政府宣言》,宣布放弃帝俄时代在中国取得的土地和一切特权,包括退还庚子赔款中尚未付给的部分。1924年5月中苏复交,两国签订《中俄协定》,其中规定退款除偿付中国政府业经以俄款为抵押品的各项债务外,余数全用于中国教育事业。1926年初,《现代评论》曾连续刊载谈论"俄款用途"的文章,为"北京教育界"力争俄款。九一八事变后,国民党政府以"应付国难"为名,一再停付充作教育费用的庚子赔款,曾引起教育界有关人士的恐慌和抗议。

〔5〕 某机关通知　指黄郛就任北平政务整理委员会委员长后,为讨好日本而发布的特别通知。

〔6〕 黄委员长　即黄郛。

〔7〕 清朝的文字狱　清朝统治者厉行民族压迫政策,曾多次大兴文字狱,企图用严刑峻法来消除汉族人的反抗和民族思想,著名大狱有康熙年间庄廷鑨《明书》狱,雍正年间吕留良、曾静狱,乾隆年间胡中藻《坚磨生诗钞》狱等。

## "有名无实"的反驳

新近的《战区见闻记》有这么一段记载：
"记者适遇一排长，甫由前线调防于此，彼云，我军前在石门寨，海阳镇，秦皇岛，牛头关，柳江等处所做阵地及掩蔽部……化洋三四十万元，木材重价尚不在内……艰难缔造，原期死守，不幸冷口失陷，一令传出，即行后退，血汗金钱所合并成立之阵地，多未重用，弃若敝屣，至堪痛心；不抵抗将军下台，上峰易人，我士兵莫不额手相庆……结果心与愿背。不幸生为中国人！尤不幸生为有名无实之抗日军人！"（五月十七日《申报》特约通信。）

这排长的天真，正好证明未经"教训"的愚劣人民，不足与言政治。第一，他以为不抵抗将军[1]下台，"不抵抗"就一定跟着下台了。这是不懂逻辑：将军是一个人，而不抵抗是一种主义，人可以下台，主义却可以仍旧留在台上的。第二，他以为化了三四十万大洋建筑了防御工程，就一定要死守的了（总算还好，他没有想到进攻）。这是不懂策略：防御工程原是建筑给老百姓看看的，并不是教你死守的阵地，真正的策略却是"诱敌深入"。第三，他虽然奉令后退，却敢于"痛心"。这是不懂哲学：他的心非得治一治不可！第四，他"额手称庆"，实在高兴得太快了。这是不懂命理：中国人生成是苦命的。如此痴呆的排长,难怪他连叫两个"不幸",居然自己承认是"有名无实的抗日军人"。其实究竟是谁"有名无实",他是始终没有懂得的。

至于比排长更下等的小兵,那不用说,他们只会"打开天窗说亮话,咱们弟兄,处于今日局势,若非对外,鲜有不哗变者"(同上通信)。这还成话么?古人说,"无敌国外患者,国恒亡"[2]。以前我总不大懂得这是什么意思:既然连敌国都没有了,我们的国还会亡给谁呢?现在照这兵士的话就明白了,国是可以亡给"哗变者"的。

结论:要不亡国,必须多找些"敌国外患"来,更必须多多"教训"那些痛心的愚劣人民,使他们变成"有名有实"。

五月十八日。

※　　※　　※

〔1〕 不抵抗将军　当时舆论对张学良的称呼。九一八事变时,张学良奉蒋介石"绝对抱不抵抗主义"的命令,放弃东北。1933年3月日军侵占热河,蒋介石为推卸责任,平抑民愤,又迫令张"引咎辞职",派何应钦继张学良任军事委员会北平分会代理委员长。张辞职后,于4月11日出国。

〔2〕 "无敌国外患者,国恒亡"　孟子的话,见《孟子·告子(下)》:"入则无法家拂士,出则无敌国外患者,国恒亡。然后知生于忧患而死于安乐也。"

# 不求甚解

文章一定要有注解,尤其是世界要人的文章。有些文学家自己做的文章还要自己来注释,觉得很麻烦。至于世界要人就不然,他们有的是秘书,或是私淑弟子,替他们来做注释的工作。然而另外有一种文章,却是注释不得的。

譬如说,世界第一要人美国总统发表了"和平"宣言[1],据说是要禁止各国军队越出国境。但是,注释家立刻就说:"至于美国之驻兵于中国,则为条约所许,故不在罗斯福总统所提议之禁止内"[2](十六日路透社华盛顿电)。再看罗氏的原文:"世界各国应参加一庄严而确切之不侵犯公约,及重行庄严声明其限制及减少军备之义务,并在签约各国能忠实履行其义务时,各自承允不派遣任何性质之武装军队越出国境。"要是认真注解起来,这其实是说:凡是不"确切",不"庄严",并不"自己承允"的国家,尽可以派遣任何性质的军队越出国境。至少,中国人且慢高兴,照这样解释,日本军队的越出国境,理由还是十足的;何况连美国自己驻在中国的军队,也早已声明是"不在此例"了。可是,这种认真的注释是叫人扫兴的。

再则,像"誓不签订辱国条约"一句经文,也早已有了不少传注。传曰:"对日妥协,现在无人敢言,亦无人敢行。"[3]

这里,主要的是一个"敢"字。但是:签订条约有敢与不敢的分别,这是拿笔杆的人的事,而拿枪杆的人却用不着研究敢与不敢的为难问题——缩短防线,诱敌深入之类的策略是用不着签订的。就是拿笔杆的人也不至于只会签字,假使这样,未免太低能。所以又有一说,谓之"一面交涉"。于是乎注疏就来了:"以不承认为责任者之第三者,用不合理之方法,以口头交涉……清算无益之抗日。"这是日本电通社的消息[4]。这种泄漏天机的注解也是十分讨厌的,因此,这不会不是日本人的"造谣"。

总之,这类文章浑沌一体,最妙是不用注解,尤其是那种使人扫兴或讨厌的注解。

小时候读书讲到陶渊明的"好读书不求甚解"[5],先生就给我讲了,他说:"不求甚解"者,就是不去看注解,而只读本文的意思。注解虽有,确有人不愿意我们去看的。

五月十八日。

※　　※　　※

[1] "和平"宣言　指1933年5月16日美国总统罗斯福对世界四十四国元首发表的《吁请世界和平保障宣言书》,它的主要内容是向各国呼吁缩减军备并制止武装军队的逾越国境。

[2] "至于美国之驻兵于中国"等语,是罗斯福发表宣言时,美国官方为自己驻兵中国、违反这一宣言的行径辩解时所说的话。

[3] "誓不签订辱国条约"　参看本书第139页注[4]。"对日妥协,现在无人敢言,亦无人敢行",是1933年5月17日黄郛在天津对

记者的谈话。

〔4〕 电通社的消息　电通社,即日本电报通信社,1901年在东京创办。1936年与日本新闻连合社合并为同盟通信社。电通社于1920年在中国上海设分社。此则消息的原文是:"东京十七日电通电:关于中国方面之停战交涉问题,日军中央部意向如下,虽有停战交涉之情报,然其诚意可疑。中国第一线军队,尚执拗继续挑战,华北军政当局,且发抵抗乃至决战之命令。停战须由军事责任者,以确实之方法堂堂交涉,若由不承认为责任者之第三者,用不合理之方法,以口头交涉,此不过谋一时和缓日军之锋锐而已。中国当局,达观东亚大势,清算无益之抗日,乃其急务,因此须先实际表示诚意。"(据1933年5月17日《大晚报》)

〔5〕 "好读书不求甚解"　语出陶渊明《五柳先生传》:"好读书不求甚解,每有会意,便欣然忘食。"

# 后　　记

　　我向《自由谈》投稿的由来,《前记》里已经说过了。到这里,本文已完,而电灯尚明,蚊子暂静,便用剪刀和笔,再来保存些因为《自由谈》和我而起的琐闻,算是一点余兴。

　　只要一看就知道,在我的发表短评时中,攻击得最烈的是《大晚报》。这也并非和我前生有仇,是因为我引用了它的文字。但我也并非和它前生有仇,是因为我所看的只有《申报》和《大晚报》两种,而后者的文字往往颇觉新奇,值得引用,以消愁释闷。即如我的眼前,现在就有一张包了香烟来的三月三十日的旧《大晚报》在,其中有着这样的一段——

　　"浦东人杨江生,年已四十有一,貌既丑陋,人复贫穷,向为泥水匠,曾佣于苏州人盛宝山之泥水作场。盛有女名金弟,今方十五龄,而矮小异常,人亦猥琐。昨晚八时,杨在虹口天潼路与盛相遇,杨奸其女。经捕头向杨询问,杨毫不抵赖,承认自去年一二八以后,连续行奸十余次,当派探员将盛金弟送往医院,由医生验明确非处女,今晨解送第一特区地方法院,经刘毓桂推事提审,捕房律师王耀堂以被告诱未满十六岁之女子,虽其后数次皆系该女自往被告家相就,但按法亦应强奸罪论,应请讯究。旋传女父盛宝山讯问,据称初不知有此事,前晚因事责女

159

后，女忽失踪，直至昨晨才归，严诘之下，女始谓留住被告家，并将被告诱奸经过说明，我方得悉，故将被告扭入捕房云。继由盛金弟陈述，与被告行奸，自去年二月至今，已有十余次，每次均系被告将我唤去，并着我不可对父母说知云。质之杨江生供，盛女向呼我为叔，纵欲奸犹不忍下手，故绝对无此事，所谓十余次者，系将盛女带出游玩之次数等语。刘推事以本案尚须调查，谕被告收押，改期再讯。"

在记事里分明可见，盛对于杨，并未说有"伦常"关系，杨供女称之为"叔"，是中国的习惯，年长十年左右，往往称为叔伯的。然而《大晚报》用了怎样的题目呢？是四号和头号字的——

　　拦途扭往捕房控诉
　　　干叔奸侄女
　　　　女自称被奸过十余次
　　　　　男指系游玩并非风流

它在"叔"上添一"干"字，于是"女"就化为"侄女"，杨江生也因此成了"逆伦"或准"逆伦"的重犯了。中国之君子，叹人心之不古，憎匪人之逆伦，而惟恐人间没有逆伦的故事，偏要用笔铺张扬厉起来，以耸动低级趣味读者的眼目。杨江生是泥水匠，无从看见，见了也无从抗辩，只得一任他们的编排，然而社会批评者是有指斥的任务的。但还不到指斥，单单引用了几句奇文，他们便什么"员外"什么"警犬"[1]的狂嗥起来，好像他们的一群倒是吸风饮露，带了自己的家私来给社会服务的志士。是的,社长我们是知道的,然而终于不知道谁是东家,就是究竟谁是"员外",倘说既非商办,又非官办,则在报界里是很难得的。但这秘密,在这里不再研究它也好。

和《大晚报》不相上下,注意于《自由谈》的还有《社会新闻》[2]。但手段巧妙得远了,它不用不能通或不愿通的文章,而只驱使着真伪杂糅的记事。即如《自由谈》的改革的原因,虽然断不定所说是真是假,我倒还是从它那第二卷第十三期(二月七日出版)上看来的——

### 从《春秋》与《自由谈》说起

中国文坛,本无新旧之分,但到了五四运动那年,陈独秀在《新青年》上一声号炮,别树一帜,提倡文学革命,胡适之钱玄同刘半农等,在后摇旗呐喊。这时中国青年外感外侮的压迫,内受政治的刺激,失望与烦闷,为了要求光明的出路,各种新思潮,遂受青年热烈的拥护,使文学革命建了伟大的成功。从此之后,中国文坛新旧的界限,判若鸿沟;但旧文坛势力在社会上有悠久的历史,根深蒂固,一时不易动摇。那时旧文坛的机关杂志,是著名的《礼拜六》,几乎集了天下摇头摆尾的文人,于《礼拜六》一炉!至《礼拜六》所刊的文字,十九是卿卿我我,哀哀唧唧的小说,把民族性陶醉萎靡到极点了!此即所谓鸳鸯蝴蝶派的文字。其中如徐枕亚吴双热周瘦鹃等,尤以善谈鸳鸯蝴蝶著名,周瘦鹃且为礼拜六派之健将。这时新文坛对于旧势力的大本营《礼拜六》，攻击颇力，卒以新兴势力，实力单薄，旧派有封建社会为背景，有恃无恐，两不相让，各行其是。此后新派如文学研究会，创造社等，陆续成立，人材渐众，势力渐厚，《礼拜六》应时势之推移，终至"寿终正寝"！惟礼拜六派之残余分子，迄今犹四出活动，无肃清之望，上海各大报中之文艺编辑，至今大都仍是所谓鸳鸯蝴蝶派所把持。可是只要放眼在最近的出版界中，新兴文艺出版数量的可惊，已有使旧势力不能抬头之势！礼拜六派文人之在今日，已不敢复以《礼拜六》的头衔以相召号，盖已至强弩之末的时期了！最近守旧的《申报》，忽将《自由谈》编辑礼拜六派的巨子周瘦鹃撤职，换了一个新派作家黎烈文，这对于旧势力当然是件非常的变动，遂形成了今日新旧文坛剧烈的冲突。周瘦鹃一方面策动各小报，对黎烈文作总攻击，我们只要看郑逸梅主编的《金刚钻》，主张周瘦鹃仍返《自由谈》原位，让黎烈文主编《春秋》，也足见旧派文人终不能忘情于已失的地盘。而另一方面周瘦鹃在自己编的《春秋》内说：各种副刊有各种副刊的特性，作河水不犯井水之论，也足见周瘦鹃犹惴惴于他现有地位的危殆。周同时还硬拉非苏州人的严独鹤加入周所主持的纯苏州人的文艺团体"星社"，以为拉拢而固地位之计。不图旧派势力的失败，竟以周启其端。据我所闻：周的不能安于其位，也有原因：他平日对于选稿方面，太刻薄而私心，只要是认识的人投去的稿，不看内容，见篇即登；同时无名小卒或为周所陌生的投稿者,则也不看内容,整堆的作为字纸篓的虏俘。因周所编的刊物,总是几个夹袋里的人物,私心自用,以致内容糟不可言!外界对他的攻击日甚,如许啸天主编之《红叶》,也对周有数次剧烈的抨击,史量才为了外界对他的不满,所以才把他撤去。那知这次史量才的一动,周竟作了导火线,造成了今日新旧两派短兵相接战斗愈烈的境界!以后想好戏还多,读者请拭目俟之。

〔微　知〕

但到二卷廿一期(三月三日)上,就已大惊小怪起来,为"守旧文化的堡垒"的动摇惋惜——

### 左翼文化运动的抬头　　水　手

关于左翼文化运动,虽然受过各方面严厉的压迫,及其内部的分裂,但近来又似乎渐渐抬起头了。在上海,左翼文化在共产党"联络同路人"的路线之下,的确是较前稍有起色。在杂志方面,甚至连那些第一块老牌杂志,也左倾起来。胡愈之主编的《东方杂志》,原是中国历史最久的杂志,也是最稳健不过的杂志,可是据王云五老板的意见,胡愈之近来太左倾了,所以在愈之看过的样子,他必须再重看一遍。但虽然是经过王老板大刀阔斧的删段以后,《东方杂志》依然还嫌太左倾,于是胡愈之的饭碗不能不打破,而由李某来接他的手了。又如《申报》的《自由谈》在礼拜六派的周某主编之时,陈腐到太不像样,但现在也在"左联"手中了。鲁迅与沈雁冰,现在已成了《自由谈》的两大台柱了。《东方杂志》是属于商务印书馆的,《自由谈》是属于《申报》的,商务印书馆与申报馆,是两个守旧文化的堡垒,可是这两个堡垒,现在似乎是开始动摇了,其余自然是可想而知。此外,还有几个中级的新的书局,也完全在左翼作家手中,如郭沫若高语罕丁晓先与沈雁冰等,都各自抓着了一个书局,而做其台柱,这些都是著名的红色人物,而书局老板现在竟靠他们吃饭了。

…………

过了三星期,便确指鲁迅与沈雁冰[3]为《自由谈》的"台柱"(三月廿四日第二卷第廿八期)——

### 黎烈文未入文总

《申报·自由谈》编辑黎烈文,系留法学生,为一名不见于经传之新进作家。自彼接办《自由谈》后,《自由谈》之论调,为之一变,而执笔为文者,亦由星社《礼拜六》之旧式文人,易为左翼普罗作家。现《自由谈》资为台柱者,为鲁迅与沈雁冰两氏,鲁迅在《自由谈》上发表文稿尤多,署名为"何家干"。除鲁迅与沈雁冰外,其他作品,亦什九系左翼作家之作,如施蛰存曹聚仁李辉英辈是。一般人以《自由谈》作文者均系中国左翼文化总同盟(简称文总),故疑黎氏本人,亦系文总中人,但黎氏对此,加以否认,谓彼并未加入文总,与以上诸人仅友谊关系云。　　　　　　　　　　　　　〔逸〕

又过了一个多月,则发见这两人的"雄图"(五月六日第三卷第十二期)了——

### 鲁迅沈雁冰的雄图

自从鲁迅沈雁冰等以《申报·自由谈》为地盘,发抒阴阳怪气的论调后,居然又能吸引群众,取得满意的收获了。在鲁(?)沈的初衷,当然这是一种有作用的尝试,想复兴他们的文化运动。现在,听说已到组织团体的火候了。

参加这个运动的台柱,除他们二人外有郁达夫,郑振铎等,交换意见的结果,认为中国最早的文化运动,是以语丝社创造社及文学研究会为中心,而消散之后,语丝创造的人分化太大了,惟有文学研究会的人大部分都还一致,——如王统照叶绍钧徐雉之类。而沈雁冰及郑振铎,一向是文学研究派的主角,于是决定循此路线进行。最近,连田汉都愿意率众归附,大概组会一事,已在必成,而且可以在这红五月中实现了。　　　　　　〔农〕

这些记载,于编辑者黎烈文是并无损害的,但另有一种小报式的期刊所谓《微言》[4],却在《文坛进行曲》里刊了这样的记事——

"曹聚仁经黎烈文等绍介,已加入左联。"(七月十五日,九期。)

这两种刊物立说的差异,由于私怨之有无,是可不言而喻的。但《微言》却更为巧妙:只要用寥寥十五字,便并陷两者,使都成为必被压迫或受难的人们。

到五月初，对于《自由谈》的压迫，逐日严紧起来了，我的投稿，后来就接连的不能发表。但我以为这并非因了《社会新闻》之类的告状，倒是因为这时正值禁谈时事，而我的短评却时有对于时局的愤言；也并非仅在压迫《自由谈》，这时的压迫，凡非官办的刊物，所受之度大概是一样的。但这时候，最适宜的文章是鸳鸯蝴蝶的游泳和飞舞，而《自由谈》可就难了，到五月廿五日，终于刊出了这样的启事——

### 编 辑 室

这年头，说话难，摇笔杆尤难。这并不是说："祸福无门，惟人自召"，实在是"天下有道"，"庶人"相应"不议"。编者谨掬一瓣心香，吁请海内文豪，从兹多谈风月，少发牢骚，庶作者编者，两蒙其休。若必论长议短，妄谈大事，则塞之字簏既有所不忍，布之报端又有所不能，陷编者于两难之境，未免有失恕道。语云：识时务者为俊杰，编者敢以此为海内文豪告。区区苦衷，伏乞矜鉴！

编　者

这现象，好像很得了《社会新闻》群的满足了，在第三卷廿一期（六月三日）里的"文化秘闻"栏内，就有了如下的记载——

### 《自由谈》态度转变

《申报·自由谈》自黎烈文主编后，即吸收左翼作家鲁迅沈雁冰及乌鸦主义者曹聚仁等为基本人员,一时论调不三不四,大为读者所不满。且因嘲骂"礼拜五派",而得罪张若谷等;抨击"取消式"之社会主义理论,而与严灵峰等结怨;腰斩《时代与爱的歧途》,又招张资平派之反感,计黎主编《自由谈》数月之结果,已形成一种壁垒,而此种壁垒,乃营业主义之《申报》所最忌者。又史老板在外间亦耳闻有种种不满之论调,乃特下警告,否则为此则惟有解约。最后结果伙计当然屈伏于老板,于是"老话","小旦收场"之类之文字,已不复见于近日矣。

〔闻〕

而以前的五月十四日午后一时,还有了丁玲和潘梓年的失踪的事[5],大家多猜测为遭了暗算,而这猜测也日益证实了。谣言也因此非常多,传说某某也将同遭暗算的也有,接到警告或恐吓信的也有。我没有接到什么信,只有一连五六日,有人打电话到内山书店[6]的支店去询问我的住址。我以为这些信件和电话,都不是实行暗算者们所做的,只不过几个所谓文人的鬼把戏,就是"文坛"上,自然也会有这样的人的。但倘有人怕麻烦,这小玩意是也能发生些效力,六月九日《自由谈》上《蘧庐絮语》[7]之后有一条下列的文章,我看便是那些鬼把戏的见效的证据了——

编者附告:昨得子展先生来信,现以全力从事某项著作,无暇旁骛,《蘧庐絮语》,就此完结。

终于,《大晚报》静观了月余,在六月十一的傍晚,从它那文艺附刊的《火炬》上发出毫光来了,它愤慨得很——

### 到底要不要自由　　法鲁

久不曾提起的"自由"这问题，近来又有人在那里大论特谈，因为国事总是热辣辣的不好惹，索性莫谈，死心再来谈"风月"，可是"风月"又谈得不称心，不免喉底里喃喃地漏出几声要"自由"，又觉得问题严重，喃喃几句倒是可以，明言直语似有不便，于是正面问题不敢直接提起来论，大刀阔斧不好当面幌起来，却弯弯曲曲，兜着圈子，叫人摸不着棱角，摸着正面，却要把它当做反面看，这原是看"幽默"文字的方法也。

心要自由，口又不明言，口不能代表心，可见这只口本身已经是不自由的了。因为不自由，所以才讽讽刺刺，一回儿"要自由"，一回儿又"不要自由"，过一回儿再"要不自由的自由"和"自由的不自由"，翻来复去，总叫头脑简单的人弄得"神经衰弱"，把捉不住中心。到底要不要自由呢？说清了，大家也好顺风转舵，免得闷在葫芦里，失掉听懂的自由。照我这个不是"雅人"的意思，还是粗粗直直地说："咱们要自由，不自由就来拚个你死我活！"

本来"自由"并不是个非常问题，给大家一谈，倒严重起来了。——问题到底是自己弄严重的，如再不使用大刀阔斧，将何以冲破这黑漆一团？细针短刺毕竟是雕虫小技，无助于大题，讥刺嘲讽更已属另一年代的老人所发的呓语。我们聪明的智识份子又何尝不知道讽刺在这时代已失去效力，但是要想弄起刀斧，却又觉左右掣肘，

### 后　记

在这一年代,科学发明,刀斧自然不及枪炮;生贱于蚁,本不足惜,无奈我们无能的智识份子偏吝惜他的生命何!

这就是说,自由原不是什么稀罕的东西,给你一谈,倒谈得难能可贵起来了。你对于时局,本不该弯弯曲曲的讽刺。现在他对于讽刺者,是"粗粗直直地"要求你去死亡。作者是一位心直口快的人,现在被别人累得"要不要自由"也摸不着头脑了。

然而六月十八日晨八时十五分,是中国民权保障同盟的副会长杨杏佛[8](铨)遭了暗杀。

这总算拚了个"你死我活",法鲁先生不再在《火炬》上说亮话了。只有《社会新闻》,却在第四卷第一期(七月三日出)里,还描出左翼作家的懦怯来——

### 左翼作家纷纷离沪

在五月,上海的左翼作家曾喧闹一时,好像什么都要染上红色,文艺界全归左翼。但在六月下旬,情势显然不同了,非左翼作家的反攻阵线布置完成,左翼的内部也起了分化,最近上海暗杀之风甚盛,文人的脑筋最敏锐,胆子最小而脚步最快,他们都以避暑为名离开了上海。据确讯,鲁迅赴青岛,沈雁冰在浦东乡间,郁达夫杭州,陈望道回家乡,连蓬子,白薇之类的踪迹都看不见了。　　　〔道〕

西湖是诗人避暑之地,牯岭乃阔老消夏之区,神往尚且不敢,而况身游。杨杏佛一死,别人也不会突然怕热起来的。听说青岛也是好地方,但这是梁实秋[9]教授传道的圣境,我连遥望一下的眼福也没有过。"道"先生有道,代我设想的恐怖,其实是不确的。否则,一群流氓,几枝手枪,真可以治国平天下了。

但是,嗅觉好像特别灵敏的《微言》,却在第九期(七月十五日出)上载着另一种消息——

自由的风月　　　顽　石

黎烈文主编之《自由谈》,自宣布"只谈风月,少发牢骚"以后,而新进作家所投真正谈风月之稿,仍拒登载,最近所载者非老作家化名之讽刺文章,即其刺探们无聊之考古。闻此次辩论旧剧中的锣鼓问题,署名"罗复"者,即陈子展,"何如"者,即曾经被捕之黄素。此一笔糊涂官司,颇骗得稿费不少。

这虽然也是一种"牢骚",但"真正谈风月"和"曾经被捕"等字样,我觉得是用得很有趣的。惜"化名"为"顽石",灵气之不钟于鼻子若我辈者,竟莫辨其为"新进作家"抑"老作家"也。

《后记》本来也可以完结了,但还有应该提一下的,是所谓"腰斩张资平"[10]案。

《自由谈》上原登着这位作者的小说,没有做完,就被停止了,有些小报上,便哄传为"腰斩张资平"。当时也许有和编辑者往复驳难的文章的,但我没有留心,因此就没有收集。现在手头的只有《社会新闻》,第三卷十三期(五月九日出)里有一篇文章,据说是罪魁祸首又是我,如下——

张资平挤出《自由谈》　　粹　公

今日的《自由谈》,是一块有为而为的地盘,是"乌鸦""阿Q"的播音台,当然用不着"三角四角恋爱"的张资平混迹其间,以至不得清一。

然而有人要问:为什么那个色欲狂的"迷羊"——郁达夫却能例外?他不是同张资平一样发源于创造吗?一样唱着"妹妹我爱你"吗?我可以告诉你,这的确是例外。因为郁达夫虽则是个色欲狂,但他能流入"左联",认识"民权保障"的大人物,与今日《自由谈》的后台老板鲁(?)老夫子是同志,成为"乌鸦""阿Q"的伙伴了。

据《自由谈》主编人黎烈文开革张资平的理由,是读者对于《时代与爱的歧路》一文,发生了不满之感,因此中途腰斩,这当然是一种遁词。在肥胖得走油的申报馆老板,固然可以不惜几千块钱,买了十洋一千字的稿子去塞纸簏,但在靠卖文为活的张资平,却比宣布了死刑都可惨,他还得见见人呢!

而且《自由谈》的写稿,是在去年十一月,黎烈文请客席上,请他担任的,即使鲁(?)先生要扫清地盘,似乎也应当客气一些,而不能用此辣手。问题是这样的,鲁先生为了要复兴文艺(?)运动,当然第一步先须将一切的不同道者打倒,于是乃有批评曾今可张若谷章衣萍等为"礼拜五派"之举;张资平如若识相,自不难感觉到自己正酣卧在他们榻旁,而立刻滚蛋!无如十洋一千使他眷恋着,致触了这个大霉头。当然,打倒人是愈毒愈好,管他是死刑还是徒刑呢!

在张资平被挤出《自由谈》之后,以常情论,谁都咽不下这口冷水,不过张资平的阄懦是著名的,他为了老婆小孩子之故,是不能同他们斗争,而且也不敢同他们摆好了阵营的集团去斗争,于是,仅仅在《中华日报》的《小贡献》上,发了一条软弱无力的冷箭,以作遮羞。

现在什么事都没有了,《红萝卜须》已代了他的位置,而沈雁冰新组成的文艺观摩团,将大批的移殖到《自由谈》来。

还有,是《自由谈》上曾经攻击过曾今可[11]的"解放词",据《社会新闻》第三卷廿二期(六月六日出)说,原来却又是我在闹的了,如下——

### 曾今可准备反攻

曾今可之为鲁迅等攻击也,实至体无完肤,固无时不想反攻,特以力薄能鲜,难于如愿耳!且知鲁迅等有"左联"作背景,人多手众,此呼彼应,非孤军抗战所能抵御,因亦着手拉拢,凡曾受鲁等侮辱者更所欢迎。近已拉得张资平,胡怀琛,张凤,龙榆生等十余人,组织一文艺漫谈会,假新时代书店为地盘,计划一专门对付左翼作家之半月刊,本月中旬即能出版。　　　　　　〔如〕

那时我想,关于曾今可,我虽然没有写过专文,但在《曲的解放》(本书第十五篇)里确曾涉及,也许可以称为"侮辱"罢;胡怀琛[12]虽然和我不相干,《自由谈》上是嘲笑过他的"墨翟为印度人说"的。但张,龙两位是怎么的呢?彼此的关涉,在我的记忆上竟一点也没有。这事直到我看见二卷二十六期的《涛声》[13](七月八日出),疑团这才冰释了——

"文艺座谈"遥领记　　聚　仁

《文艺座谈》者,曾词人之反攻机关报也,遥者远也,领者领情也,记者记不曾与座谈而遥领盛情之经过也。

解题既毕,乃述本事。

有一天,我到暨南去上课,休息室的台子上赫然一个请帖;展而恭读之,则《新时代月刊》之请帖也,小子何幸,乃得此请帖!折而藏之,以为传家之宝。

《新时代》请客而《文艺座谈》生焉,而反攻之阵线成焉。报章煌煌记载,有名将在焉。我前天碰到张凤老师,带便问一个口讯;他说:"谁知道什么座谈不座谈呢?他早又没说,签了名,第二天,报上都说是发起人啦。"昨天遇到龙榆生先生,龙先生说:"上海地方真不容易做人,他们再三叫我去谈谈,只吃了一些茶点,就算数了;我又出不起广告费。"我说:"吃了他家的茶,自然是他家人啦!"

我幸而没有去吃茶,免于被强奸,遥领盛情,志此谢谢!

但这"文艺漫谈会"的机关杂志《文艺座谈》[14]第一期,

却已经罗列了十多位作家的名字,于七月一日出版了。其中的一篇是专为我而作的——

内山书店小坐记　　　白羽遐

某天的下午,我同一个朋友在上海北四川路散步。走着走着,就走到北四川路底了。我提议到虹口公园去看看,我的朋友却说先到内山书店去看看有没有什么新书。我们就进了内山书店。

内山书店是日本浪人内山完造开的,他表面是开书店,实在差不多是替日本政府做侦探。他每次和中国人谈了点什么话,马上就报告日本领事馆。这也已经成了"公开的秘密"了,只要是略微和内山书店接近的人都知道。

我和我的朋友随便翻看着书报。内山看见我们就连忙跑过来和我们招呼,请我们坐下来,照例地闲谈。因为到内山书店来的中国人大多数是文人,内山也就知道点中国的文化。他常和中国人谈中国文化及中国社会的情形,却不大谈到中国的政治,自然是怕中国人对他怀疑。

"中国的事都要打折扣,文字也是一样。'白发三千丈'这就是一个天大的诳!这就得大打其折扣。中国的别的问题,也可以以此类推……哈哈!哈!"

内山的话我们听了并不觉得一点难为情,诗是不能用科学方法去批评的。内山不过是一个九州角落里的小商人,一个暗探,我们除了用微笑去回答之外,自然不会拿什么话语去向他声辩了。不久以前,在《自由谈》上看到何家干先生的一篇文字,就是内山所说的那些话。原来所谓"思想界的权威",所谓"文坛老将",连一点这样的文章都非"出自心裁"!

内山还和我们谈了好些,"航空救国"等问题都谈到,也有些是已由何家干先生抄去在《自由谈》发表过的。我们除了勉强敷衍他之外,不大讲什么话,不想理他。因为我们知道内山是个什么东西,而我们又没有请他救过命,保过险,以后也决不预备请他救命或保险。

我同我的朋友出了内山书店,又散步散到虹口公园去了。

不到一礼拜(七月六日),《社会新闻》(第四卷二期)就加以应援,并且廓大到"左联"〔15〕去了。其中的"茅盾",是本该写作"鲁迅"的故意的错误,为的是令人不疑为出于同一人的手笔——

## 内山书店与"左联"

《文艺座谈》第一期上说,日本浪人内山完造在上海开书店,是侦探作用,这是确属的,而尤其与"左联"有缘。记得郭沫若由汉逃沪,即匿内山书店楼上,后又代为买船票渡日。茅盾在风声紧急时,亦以内山书店为惟一避难所。然则该书店之作用究何在者?盖中国之有共匪,日本之利也,所以日本杂志所载调查中国匪情文字,比中国自身所知者为多,而此类材料之获得,半由受过救

175

命之恩之共党文艺份子所供给;半由共党自行送去,为张扬势力之用,而无聊文人为其收买甘愿为其刺探者亦大有人在。闻此种侦探机关,除内山以外,尚有日日新闻社,满铁调查所等,而著名侦探除内山完造外,亦有田中,小岛,中村等。　　　　　　　　　　〔新　皖〕

这两篇文章中,有两种新花样:一,先前的诬蔑者,都说左翼作家是受苏联的卢布的,现在则变了日本的间接侦探;二,先前的揭发者,说人抄袭是一定根据书本的,现在却可以从别人的嘴里听来,专凭他的耳朵了。至于内山书店,三年以来,我确是常去坐,检书谈话,比和上海的有些所谓文人相对还安心,因为我确信他做生意,是要赚钱的,却不做侦探;他卖书,是要赚钱的,却不卖人血:这一点,倒是凡有自以为人,而其实是狗也不如的文人们应该竭力学学的!

但也有人来抱不平了,七月五日的《自由谈》上,竟揭载了这样的一篇文字——

谈"文人无行"　　　　谷春帆

虽说自己也忝列于所谓"文人"之"林",但近来对于"文人无行"这句话,却颇表示几分同意,而对于"人心不古","世风日下"的感喟,也不完全视为"道学先生"的偏激之言。实在,今日"人心"险毒得太令人可怕了,尤其是所谓"文人",想得出,做得到,种种卑劣行为如阴谋中伤,造谣诬蔑,公开告密,卖友求荣,卖身投靠的勾当,举不胜举。而在另一方面自吹自擂,觑然以"天才"与"作家"自命,偷窃他人唾余,还沾沾自喜的种种怪象,也是"无丑不备有恶皆臻",对着这些痛心的事实,我们还能够否认"文人无行"这句话的相当真实吗?(自然,我也并不是说凡文人皆无行。)我们能不兴起"世道人心"的感喟吗?

自然,我这样的感触并不是毫没来由的。举实事来说,过去有曾某其人者,硬以"管他娘"与"打打麻将"等屁话来实行其所谓"词的解放",被人斥为"轻薄少年"与"色情狂的急色儿",曾某却唠唠叨叨辩个不休,现在呢,新的事实又证明了曾某不仅是一个轻薄少年,而且是阴毒可憎的蛇蝎,他可以借崔万秋的名字为自己吹牛(见二月崔在本报所登广告),甚至硬把日本一个打字女和一个中学教员派做"女诗人"和"大学教授",把自己吹捧得无微不至;他可以用最卑劣的手段投稿于小报,指他的朋友为×××,并公布其住址,把朋友公开出卖(见第五号《中外书报新闻》)。这样的大胆,这样的阴毒,这样的无聊,实在使我不能相信这是一个有廉耻有人格的"人"——尤其是"文人",所能做出。然而曾某却真想得到,真做得出,我想任何人当不能不佩服曾某的大无畏的精神。

听说曾某年纪还不大,也并不是没有读书的机会,我想假如曾某能把那种吹牛拍马的精力和那种阴毒机巧的心思用到求实学一点上,所得不是要更多些吗?然而曾某却偏要日以吹拍为事,日以造谣中伤为事,这,一方面固愈足以显曾某之可怕，另一方面亦正见青年自误之可惜。

不过，话说回头，就是受过高等教育的也未必一定能束身自好，比如以专写三角恋爱小说出名，并发了财的张××，彼固动辄以日本某校出身自炫者，然而他最近也会在一些小报上泼辣叫嗥，完全一副满怀毒恨的"弃妇"的脸孔，他会阴谋中伤，造谣挑拨，他会硬派人像布哈林或列宁，简直想要置你于死地，其人格之卑污，手段之恶辣，可说空前绝后，这样看来，高等教育又有何用？还有新出版之某无聊刊物上有署名"白羽遐"者作《内山书店小坐记》一文，公然说某人常到内山书店，曾请内山书店救过命保过险。我想，这种公开告密的勾当，大概也就是一流人化名玩出的花样。

然而无论他们怎样造谣中伤，怎样阴谋陷害，明眼人一见便知，害人不着，不过徒然暴露他们自己的卑污与无人格而已。

但，我想，"有行"的"文人"，对于这班丑类，实在不应当像现在一样，始终置之不理，而应当振臂奋起，把它们驱逐于文坛以外，应当在污秽不堪的中国文坛，做一番扫除的工作！

于是祸水就又引到《自由谈》上去，在次日的《时事新报》[16]上，便看见一则启事，是方寸大字的标名——

## 张资平启事

五日《申报·自由谈》之《谈"文人无行"》，后段大概是指我而说的。我是坐不改名，行不改姓的人，纵令有时用其他笔名，但所发表文字，均自负责，此须申明者一；白羽遐另有其人，至《内山小坐记》亦不见是怎样坏的作品，但非出我笔，我未便承认，此须申明者二；我所写文章均出自信，而发见关于政治上主张及国际情势之研究有错觉及乱视者，均不惜加以纠正。至于"造谣伪造信件及对于意见不同之人，任意加以诬毁"皆为我生平所反对，此须申明者三；我不单无资本家的出版者为我后援，又无姊妹嫁作大商人为妾，以谋得一编辑以自豪，更进而行其"诬毁造谣假造信件"等卑劣的行动。我连想发表些关于对政治对国际情势之见解，都无从发表，故凡容纳我的这类文章之刊物，我均愿意投稿。但对于该刊物之其他文字则不能负责，此须申明者四。今后凡有利用以资本家为背景之刊物对我诬毁者，我只视作狗吠，不再答复，特此申明。

这很明白，除我而外，大部分是对于《自由谈》编辑者黎烈文的。所以又次日的《时事新报》上，也登出相对的启事来——

## 黎烈文启事

烈文去岁游欧归来，客居沪上，因《申报》总理史量才先生系世交长辈,故常往访候,史先生以烈文未曾入过任何党派,且留欧时专治文学,故令加入申报馆编辑《自由谈》。不料近两月来,有三角恋爱小说商张资平,因烈文停登其长篇小说,怀恨入骨,常在各大小刊物,造谣诬蔑,挑拨陷害,无所不至,烈文因其手段与目的过于卑劣,明眼人一见自知,不值一辩,故至今绝未置答,但张氏昨日又在《青光》栏上登一启事,含沙射影,肆意诬毁,其中有"又无姊妹嫁作大商人为妾"一语,不知何指。张氏启事既系对《自由谈》而发,而烈文现为《自由谈》编辑人,自不得不有所表白,以释群疑。烈文只胞妹两人,长应元未嫁早死,次友元现在长沙某校读书,亦未嫁人,均未出过湖南一步。且据烈文所知,湘潭黎氏同族姊妹中不论亲疏远近,既无一人嫁人为妾,亦无一人得与"大商人"结婚,张某之言,或系一种由衷的遗憾(没有姊妹嫁作大商人为妾的遗憾),或另有所指,或系一种病的发作,有如疯犬之狂吠,则非烈文所知耳。

此后还有几个启事,避烦不再剪贴了。总之:较关紧要的问题,是"姊妹嫁作大商人为妾"者是谁?但这事须问"行不改名,坐不改姓"的好汉张资平本人才知道。

可是中国真也还有好事之徒,竟有人不怕中暑的跑到真茹的"望岁小农居"这洋楼底下去请教他了。《访问记》登在《中外书报新闻》[17]的第七号(七月十五日出)上,下面是关于"为妾"问题等的一段——

### （四）启事中的疑问

以上这些话还只是讲刊登及停载的经过，接着，我便请他解答启事中的几个疑问。

"对于你的启事中，有许多话，外人看了不明白，能不能让我问一问？"

"是那几句？"

"'姊妹嫁作商人妾'，这不知道有没有什么影射？"

"这是黎烈文他自己多心，我不过顺便在启事中，另外指一个人。"

"那个人是谁呢？"

"那不能公开。"自然他既然说了不能公开的话，也就不便追问了。

"还有一点，你所谓'想发表些关于对政治对国际情势之见解都无从发表'，这又何所指？"

"那是讲我在文艺以外的政治见解的东西，随笔一类的东西。"

"是不是像《新时代》上的《望岁小农居日记》一样的东西呢？"（参看《新时代》七月号）我插问。

"那是对于鲁迅的批评，我所说的是对政治的见解，《文艺座谈》上面有。"（参看《文艺座谈》一卷一期《从早上到下午》。）

"对于鲁迅的什么批评？"

"这是题外的事情了，我看关于这个，请你还是不发表好了。"

这真是"胸中不正,则眸子眊焉"[18],寥寥几笔,就画出了这位文学家的嘴脸。《社会新闻》说他"阘懦",固然意在博得社会上"济弱扶倾"的同情,不足置信,但启事上的自白,却也须照中国文学上的例子,大打折扣的(倘白羽遐先生在"某天"又到"内山书店小坐",一定又会从老板口头听到),因为他自己在"行不改姓"之后,也就说"纵令有时用其他笔名",虽然"但所发表文字,均自负责",而无奈"还是不发表好了"何?但既然"还是不发表好了",则关于我的一笔,我也就不再深论了。

一枝笔不能兼写两件事,以前我实在闲却了《文艺座谈》的座主,"解放词人"曾今可先生了。但写起来却又很简单,他除了"准备反攻"之外,只在玩"告密"的玩艺。

崔万秋[19]先生和这位词人,原先是相识的,只为了一点小纠葛,他便匿名向小报投稿,诬陷老朋友去了。不幸原稿偏落在崔万秋先生的手里,制成铜版,在《中外书报新闻》(五号)上精印了出来——

### 崔万秋加入国家主义派

《大晚报》屁股编辑崔万秋自日回国,即住在愚园坊六十八号左舜生家,旋即由左与王造时介绍于《大晚报》工作。近为国家主义及广东方面宣传极力,夜则留连于舞场或八仙桥庄上云。

有罪案，有住址，逮捕起来是很容易的。而同时又诊出了一点小毛病，是这位词人曾经用了崔万秋的名字，自己大做了一通自己的诗的序，而在自己所做的序里又大称赞了一通自己的诗。[20]轻恙重症，同时夹攻，渐使这柔嫩的诗人兼词人站不住，他要下野了，而在《时事新报》（七月九日）上却又是一个启事，好像这时的文坛是入了"启事时代"似的——

### 曾今可启事

鄙人不日离沪旅行，且将脱离文字生活。以后对于别人对我造谣诬蔑，一概置之不理。这年头，只许强者打，不许弱者叫，我自然没有什么话可说。我承认我是一个弱者，我无力反抗，我将在英雄们胜利的笑声中悄悄地离开这文坛。如果有人笑我是"懦夫"，我只当他是尊我为"英雄"。此启。

这就完了。但我以为文字是有趣的，结末两句，尤为出色。

我剪贴在上面的《谈"文人无行"》，其实就是这曾张两案的合论。但由我看来，这事件却还要坏一点，便也做了一点短评，投给《自由谈》。久而久之，不见登出，索回原稿，油墨手印满纸，这便是曾经排过，又被谁抽掉了的证据，可见纵"无姊妹嫁作大商人为妾"，"资本家的出版者"也还是为这一类名公"后援"的。但也许因为恐怕得罪名公，就会立刻给你戴上一顶红帽子，为性命计，不如不登的也难说。现在就抄在这里罢——

## 驳"文人无行"

"文人"这一块大招牌,是极容易骗人的。虽在现在,社会上的轻贱文人,实在还不如所谓"文人"的自轻自贱之甚。看见只要是"人",就决不肯做的事情,论者还不过说他"无行",解为"疯人",恕其"可怜"。其实他们却原是贩子,也一向聪明绝顶,以前的种种,无非"生意经",现在的种种,也并不是"无行",倒是他要"改行"了。

生意的衰微使他要"改行"。虽是极低劣的三角恋爱小说,也可以卖掉一批的。我们在夜里走过马路边,常常会遇见小瘪三从暗中来,鬼鬼祟祟的问道:"阿要春宫?阿要春宫?中国的,东洋的,西洋的,都有。阿要勿?"生意也并不清淡。上当的是初到上海的青年和乡下人。然而这至多也不过四五回,他们看过几套,就觉得讨厌,甚且要作呕了,无论你"中国的,东洋的,西洋的,都有"也无效。而且因时势的迁移,读书界也起了变化,一部份是不再要看这样的东西了;一部份是简直去跳舞,去嫖妓,因为所化的钱,比买手淫小说全集还便宜。这就使三角家之类觉得没落。我们不要以为造成了洋房,人就会满足的,每一个儿子,至少还得给他赚下十万块钱呢。

于是乎暴躁起来。然而三角上面,是没有出路了的。于是勾结一批同类,开茶会,办小报,造谣言,其甚者还竟

## 后　记

　　至于卖朋友,好像他们的鸿篇巨制的不再有人赏识,只是因为有几个人用一手掩尽了天下人的眼目似的。但不要误解,以为他真在这样想。他是聪明绝顶,其实并不在这样想的,现在这副嘴脸,也还是一种"生意经",用三角钻出来的活路。总而言之,就是现在只好经营这一种卖买,才又可以赚些钱。

　　譬如说罢,有些"第三种人"也曾做过"革命文学家",借此开张书店,吞过郭沫若的许多版税,现在所住的洋房,有一部份怕还是郭沫若的血汗所装饰的。此刻那里还能做这样的生意呢?此刻要合伙攻击左翼,并且造谣陷害了知道他们的行为的人,自己才是一个干净刚直的作者,而况告密式的投稿,还可以大赚一注钱呢。

　　先前的手淫小说,还是下部的勾当,但此路已经不通,必须上进才是,而人们——尤其是他的旧相识——的头颅就危险了。这那里是单单的"无行"文人所能做得出来的?

　　上文所说,有几处自然好像带着了曾今可张资平这一流,但以前的"腰斩张资平",却的确不是我的意见。这位作家的大作,我自己是不要看的,理由很简单:我脑子里不要三角四角的这许多角。倘有青年来问我可看与否,我是劝他不必看的,理由也很简单:他脑子里也不必有三角四角的那许多角。若夫他自在投稿取费,出版卖钱,即使他无须养活老婆儿子,我也满不管,理由也很简单:我是从不想到他那些三角四角的角不完的许多角的。

然而多角之辈,竟谓我策动"腰斩张资平"。既谓矣,我乃简直以 X 光照其五脏六腑了。

《后记》这回本来也真可以完结了,但且住,还有一点余兴的余兴。因为剪下的材料中,还留着一篇妙文,倘使任其散失,是极为可惜的,所以特地将它保存在这里。

这篇文章载在六月十七日《大晚报》的《火炬》里——

新 儒 林 外 史　　　柳　丝

第一回　揭旗扎空营　兴师布迷阵

却说卡尔和伊理基两人这日正在天堂以上讨论中国革命问题,忽见下界中国文坛的大戈壁上面,杀气腾腾,尘沙弥漫,左翼防区里面,一位老将紧追一位小将,战鼓震天,喊声四起,忽然那位老将牙缝开处,吐出一道白雾,卡尔闻到气味立刻晕倒,伊理基拍案大怒道,"毒瓦斯,毒瓦斯!"扶着卡尔赶快走开去了。原来下界中国文坛的大戈壁上面,左翼防区里头,近来新扎一座空营,揭起小资产阶级革命文学之旗,无产阶级文艺营垒受了奸人挑拨,大兴问罪之师。这日大军压境,新扎空营的主将兼官佐又兼士兵杨邨人提起笔枪,跃马相迎,只见得战鼓震天,喊声四起,为首先锋扬刀跃马而来,乃老将鲁迅是也。那杨邨人打拱,叫声"老将军别来无恙?"老将鲁迅并不答话,跃马直冲扬刀便刺,那杨邨人笔枪挡住又道:"老将有话好讲,何必动起干戈?小将别树一帜,自扎空营,只因事起仓卒,未及呈请指挥,并非倒戈相向,实则独当一面,此心此志,天人共鉴。老将军试思左翼诸将,空言克服,骄盈自满,战术既不研究,武器又不制造。临阵则军容不整,出马则拖枪而逃,如果长此以往,何以维持威信?老将军整顿纪纲之不暇,劳师远征,窃以为大大对不起革命群众的呵!"老将鲁迅又不答话,圆睁环眼,倒竖虎须,只见得从他的牙缝里头嘘出一道白雾,那小将杨邨人知道老将放出毒瓦斯,说的迟那时快,已经将防毒面具戴好了,正是:情感作用无理讲,是非不明只天知! 欲知老将究竟能不能将毒瓦斯闷死那小将,且待下回分解。

第二天就收到一封编辑者的信,大意说:兹署名有柳丝者("先生读其文之内容或不难想像其为何人"),投一滑稽文稿,题为《新儒林外史》,但并无伤及个人名誉之事,业已决定为之发表,倘有反驳文章,亦可登载云云。使刊物暂时化为战场,热闹一通,是办报人的一种极普通办法,近来我更加"世故",天气又这么热,当然不会去流汗同翻筋斗的。况且"反驳"滑稽文章,也是一种少有的奇事,即使"伤及个人名誉事",我也没有办法,除非我也作一部《旧儒林外史》,来辩明"卡尔和伊理基"[21]的话的真假。但我并不是巫师,又怎么看得见"天堂"?"柳丝"是杨邨人[22]先生还在做"无产阶级革命文学者"时候已经用起的笔名,这无须看内容就知道,而曾几何时,就在"小资产阶级革命文学"的旗子下做着这样的幻梦,将自己写成了这么一副形容了。时代的巨轮,真是能够这么冷酷地将人们辗碎的。但也幸而有这一辗,因为韩侍桁[23]先生倒因此从这位"小将"的腔子里看见了"良心"了。

　　这作品只是第一回,当然没有完,我虽然毫不想"反驳",却也愿意看看这有"良心"的文学,不料从此就不见了,迄今已有月余,听不到"卡尔和伊理基"在"天堂"上和"老将""小将"在地狱里的消息。但据《社会新闻》(七月九日,四卷三期)说,则又是"左联"阻止的——

## 杨邨人转入ＡＢ团

　　叛"左联"而写揭小资产战斗之旗的杨邨人,近已由汉来沪,闻寄居于ＡＢ团小卒徐翔之家,并已加入该团活动矣。前在《大晚报》署名柳丝所发表的《新封神榜》一文,即杨手笔,内对鲁迅大加讽刺,但未完即止,闻因受"左联"警告云。　　　　　　　　　　〔预〕

　　"左联"会这么看重一篇"讽刺"的东西,而且仍会给"叛'左联'而写揭小资产战斗之旗的杨邨人"以"警告",这才真是一件奇事。据有些人说,"第三种人"的"忠实于自己的艺术",是已经因了左翼理论家的凶恶的批评而写不出来了[24],现在这"小资产战斗"的英雄,又因了"左联"的警告而不再"战斗",我想,再过几时,则一切割地吞款,兵祸水灾,古物失踪,阔人生病,也要都成为"左联"之罪,尤其是鲁迅之罪了。

　　现在使我记起了蒋光慈[25]先生。

　　事情是早已过去,恐怕有四五年了,当蒋光慈先生组织太阳社[26]，和创造社联盟，率领"小将"来围剿我的时候，他曾经做过一篇文章，其中有几句，大意是说，鲁迅向来未曾受人攻击，自以为不可一世，现在要给他知道知道了。其实这是错误的，我自作评论以来，即无时不受攻击，即如这三四月中，仅仅关于《自由谈》的，就已有这许多篇，而且我所收录的，还不过一部份。先前何尝不如此呢，但它们都与如驶的流光一同消逝，无踪无影，不再为别人所觉察罢了。这回趁几种刊物还在手头，便转载一部份到《后记》里，这其实也并非专为我自己，战斗正未有穷期，老谱将不断的袭用，对于别人的攻击，想来也还要用这一类的方法，但自然要改变了所攻击的人名。将来的战斗的青年，倘在类似的境遇中，能偶然看见这记录，我想是必能开颜一笑，更明白所谓敌人者是怎样的东西的。

所引的文字中，我以为很有些篇，倒是出于先前的"革命文学者"。但他们现在是另一个笔名，另一副嘴脸了。这也是必然的。革命文学者若不想以他的文学，助革命更加深化，展开，却借革命来推销他自己的"文学"，则革命高扬的时候，他正是狮子身中的害虫[27]，而革命一受难，就一定要发现以前的"良心"，或以"孝子"[28]之名，或以"人道"之名，或以"比正在受难的革命更加革命"之名，走出阵线之外，好则沉默，坏就成为叭儿的。这不是我的"毒瓦斯"，这是彼此看见的事实！

一九三三年七月二十日午，记。

\* \* \*

〔1〕 什么"员外"什么"警犬" 《大晚报》副刊《火炬》曾发表李家作的文章,诬蔑作者是受"员外"供奉的"警犬"。参看本书《以夷制夷》附录《"以华制华"》。

〔2〕 《社会新闻》 1932年10月在上海创刊,曾先后出版三日刊、旬刊、半月刊等,新光书局出版。1935年10月起改名《中外问题》,1937年10月停刊。

〔3〕 沈雁冰(1896—1981) 笔名茅盾,浙江桐乡人,作家、文学评论家、社会活动家,文学研究会主要成员,曾主编《小说月报》。著有长篇小说《蚀》、《子夜》及《茅盾短篇小说集》、《茅盾散文集》等。

〔4〕 《微言》 综合性刊物。1933年5月在上海创刊。初为半周刊,1934年4月改为周刊。抗日战争爆发前停刊。

〔5〕 丁玲(1904—1986) 湖南临澧人,作家。著有短篇小说集《在黑暗中》、中篇小说《水》等。潘梓年(1893—1972),江苏宜兴人,哲学家。他们同于1933年5月14日在上海被捕。

〔6〕 内山书店 日本人内山完造在上海所开的书店。内山完造(1885—1959),1913年来沪,1927年10月与鲁迅结识,以后常有交往,鲁迅曾借他的书店作通讯处。

〔7〕 《蓬庐絮语》 札记,陈子展作。1933年2月11日至6月9日陆续刊载于《申报·自由谈》,计四十篇。

〔8〕 杨杏佛(1893—1933) 名铨,字杏佛,江西清江人。早年曾赴美留学,回国后任东南大学教授、中央研究院总干事等职。1932年12月,他协同宋庆龄、蔡元培、鲁迅等组织中国民权保障同盟,任执行委员兼总干事。1933年6月18日被国民党特务暗杀于上海。

〔9〕 梁实秋(1902—1987) 浙江杭县(今余杭)人,新月派主要

成员之一。当时任青岛大学教授兼外文系主任。

〔10〕"腰斩张资平" 张资平(1893—1959),广东梅县人,创造社早期成员。1928年在上海创办乐群书店,主编《乐群》月刊,写有大量三角恋爱小说。抗日战争时期任日伪"兴亚建国运动"本部常务委员兼文委会主席、汪伪政府农矿部技正等职。他的长篇小说《时代与爱的歧路》自1932年12月1日起在《申报·自由谈》连载,次年4月22日《自由谈》刊出编辑室启事说:"本刊登载张资平先生之长篇创作《时代与爱的歧路》业已数月,近来时接读者来信,表示倦意。本刊为尊重读者意见起见,自明日起将《时代与爱的歧路》停止刊载。"当时上海的小报对这件事多有传播,除文中所引《社会新闻》外,同年4月27日《晶报》曾载有《自由谈腰斩张资平》的短文。

〔11〕曾今可(1901—1971) 江西泰和人。曾留学日本,1931年在上海创办新时代书局,主编《新时代》月刊。关于他的"解放词",参看本书第56页注〔2〕。

〔12〕胡怀琛(1886—1938) 安徽泾县人。曾任上海沪江大学等校教授。他在《东方杂志》第二十五卷第八号(1928年4月25日)、第十六号(同年8月25日)先后发表《墨翟为印度人辨》和《墨翟续辨》,武断说墨翟是印度人,墨学是佛学的旁支。1933年3月10日《自由谈》发表署名玄(茅盾)的《何必解放》一文,其中有"前几年有一位先生'发见'了墨翟是印度人,像煞有介事做了许多'考证'"的话,胡怀琛认为这是"任意讥笑","有损个人的名誉",写信向《自由谈》编者提出责问。

〔13〕《涛声》 文艺性周刊,曹聚仁编辑。1931年8月在上海创刊,1933年11月停刊。该刊自第一卷第二十一期起,封面上印有乌鸦搏浪的图案并题辞:"老年人看了摇头,青年人看了头痛,中年人看了短气,这便是我们的乌鸦主义。"前面引文中关于"乌鸦主义"的话即指此。

*191*

〔14〕 《文艺座谈》 半月刊,曾今可、张资平主编。1933年7月在上海创刊,共出四期,新时代书局发行。

〔15〕 "左联" 即中国左翼作家联盟,中国共产党领导下的革命文学团体。1930年3月在上海成立,1935年底自行解散。领导成员有鲁迅、茅盾、夏衍、冯雪峰、冯乃超、周扬等。

〔16〕 《时事新报》 1907年12月在上海创刊,初名《时事报》,后合并于《舆论日报》,改名为《舆论时事报》,1911年5月18日起改名《时事新报》。初办时为改良派报纸,辛亥革命后,曾经是拥护北洋军阀段祺瑞的政客集团研究系的报纸。1927年后由史量才等接办。1935年后为国民党财阀孔祥熙收买。1949年5月上海解放时停刊。下面的启事载于1933年7月6日该报副刊《青光》上。

〔17〕 《中外书报新闻》 周刊,1933年6月在上海创刊,包可华编辑。内容以书刊广告为主,兼载文坛消息,中外出版公司印行。同年8月改名《中外文化新闻》。

〔18〕 "胸中不正,则眸子眊焉" 孟子的话,见《孟子·离娄(上)》:"存乎人者,莫良于眸子,眸子不能掩其恶。胸中正,则眸子瞭焉;胸中不正,则眸子眊焉。"眊,眼睛失神。

〔19〕 崔万秋(1905—?) 山东观城(今并入河南范县)人,曾留学日本,当时是《大晚报》文艺副刊《火炬》主编。

〔20〕 曾今可用崔万秋的名字为自己的诗作序事,指1933年2月曾今可出版他的诗集《两颗星》时,书前印有崔万秋为之吹捧的"代序"。同年7月2、3日,崔万秋分别在《大晚报·火炬》和《申报》刊登启事,否认"代序"为他所作;曾今可也在7月4日《申报》刊登启事进行辩解,说"代序""乃摘录崔君的来信"。

〔21〕 "卡尔和伊理基" 卡尔,马克思的名字。伊理基,通译伊

里奇,指列宁;列宁的姓名是弗拉基米尔·伊里奇·列宁(乌里扬诺夫),伊里奇是其父称,意为伊里亚之子。

〔22〕 杨邨人(1901—1955) 广东潮安人。1925年加入中国共产党,1928年曾参加太阳社,1930年参加"左联",1932年叛变革命。1933年2月他在《读书杂志》第三卷第一期发表《离开政党生活的战壕》,诋毁革命。同月又在《现代》第二卷第四期发表《揭起小资产阶级革命文学之旗》,宣扬"第三种文艺"。

〔23〕 韩侍桁(1908—1987) 天津人。曾参加"左联",后转向"第三种人"。当杨邨人发表《离开政党生活的战壕》和《揭起小资产阶级革命文学之旗》后,他在《读书杂志》第三卷第六期(1933年6月)发表《文艺时评·揭起小资产阶级革命文学之旗》,其中说杨邨人是"一个忠实者,一个不欺骗自己,不欺骗团体的忠实者";他的言论是"纯粹求真理的智识者的文学上的讲话"。

〔24〕 苏汶在《现代》第一卷第六号(1932年10月)发表的《"第三种人"的出路》一文中,曾说:"作家,假使他是忠实于自己的话,……他不能够向自己要他所没有的东西。然而理论家们还是大唱高调,尽向作者要他所没有的东西呢!不勇于欺骗的作家,既不敢拿出他们所有的东西,而别人所要的却又拿不出,于是怎么办?——搁笔。"

〔25〕 蒋光慈(1901—1931) 又名蒋光赤,安徽六安人,作家,太阳社主要成员。著有诗集《新梦》、中篇小说《短裤党》、长篇小说《田野的风》等。

〔26〕 太阳社 文学社团,1927年下半年成立于上海,主要成员有蒋光慈、钱杏邨(阿英)、孟超、杨邨人等。1928年1月出版《太阳月刊》,提倡革命文学。1930年"左联"成立,该社自行解散。

〔27〕 狮子身中的害虫 原为佛家的譬喻,指比丘(佛教名词,俗

称和尚）中破坏佛法的坏分子，见《莲华面经》上卷："阿难，譬如师（獅）子命绝身死，若空、若地、若水、若陆所有众生，不敢食彼師子身肉，唯師子身自生诸虫，还自噉食師子之肉。阿难，我之佛法非余能坏，是我法中诸恶比丘，犹如毒刺，破我三阿僧祇劫积行勤苦所集佛法。"（据隋代那连提黎耶舍汉文译本）这里指混入革命阵营的投机分子。

〔28〕 "孝子" 指杨邨人。他在《离开政党生活的战壕》中说："回过头来看我自己，父老家贫弟幼，漂泊半生，一事无成，革命何时才成功，我的家人现在在作饿殍不能过日，将来革命就是成功，以湘鄂西苏区的情形来推测，我的家人也不免作饿殍作叫化子的。还是：留得青山在，且顾自家人吧了！病中，千思万想，终于由理智来判定，我脱离中国共产党了。"